KB275915

뭘 쓸까

일러두기

✍ 단행본 제목은 『 』, 앨범 제목은 「 」, 영화와 방송 프로그램 제목은 〈 〉, 글 제목과 노래 제목은 ' '로 표기하였습니다.

✍ 본문에 등장하는 시와 산문은 원문 그대로 실었습니다. 노랫말 일부는 맞춤법과 띄어쓰기 규장 맞추어 수정하였습니다.

✍ 전문을 인용한 경우 제목 뒤에 전문이라고 표기를 해두었습니다. 전문이라고 표기되어 있지 않은 글들은 부분을 인용한 글입니다.

뭘 쓸까

강백수

허클베리북스

반성과 기도로 하얀 종이를 채우던 밤들을 뒤로 하고

나는 비로소 나의 생을 사랑하게 되었다.

프롤로그
— 이런 것도 글이 되는군요

식탁을 버렸네 식탁을 버렸네

주민센터에서 스티커를 받아왔네

그래도 좁은 여덟 평짜리

반지하 방을 재계약했네

바닥에 앉아 소주를 마시네

— 2.5집 「야광별」, '식탁을 버렸네'

10년 전에 쓴 노래입니다. 반지하 원룸을 2년 안에 탈출하겠다는 계획이 무산되고 계약을 연장하던 날, 좁아터진 방에는 굳이 있을 필요가 없는 식탁을 버리고서 소주를 많이 마셨습니다. 천장에는 야광별이 붙어 있었고, 여름엔 곰팡내가 났습니다. 한 번씩 미국 바퀴벌레가 나왔고 오후 늦게야 볕이 들었습니다. 그마저도 건물을 새로 올린다고 40만

원을 받고 쫓겨났습니다. 그 시절, 내 미래에 대해 많은 것들을 단념하며 만든 노래였습니다.

이 노래를 발표하고 나서 누군가 말했습니다.

"이런 것도 노래가 되는군요."

경탄인지 비웃음인지 모를 그 말이 아직도 기억에 남는 건 내가 여태 '이런 것들'을 글감으로 모아 글을 써온 사람이기 때문일 것입니다.

사람들은 다양한 이유로 글을 쓰고 싶어 합니다. 자신을 이해하고 싶어서, 기억하고 싶어서, 나 아닌 누군가에게 닿고 싶어서, 현실에서 하지 못한 말을 하기 위해서, 살아 있음을 증명하고 싶어서, 상상하고 창조하고 싶어서, 안 쓰고는 못 견디겠기에 글을 쓰고 싶어 합니다.

그렇게 간절하게 쓰고 싶은 마음이 있음에도 쓰지 못하는 사람들에게 이유를 물어보면 그들 대부분은 어떻게 써야 할지 몰라서가 아니라 무엇을 써야 할지 몰라서 쓰지 못한다고 이야기합니다. 무언가를 쓰고 싶은 마음은 있는데, 무엇을 써야 할지 모르겠다는 사람. 그 사람이 당신이라면 이 책

잘 펼치셨습니다.

　이 책은 일상을 흘려보내지 않고 글감 서랍 속에 차곡차
곡 쌓아온 한 글쟁이가 자신의 삶 속에서 무슨 소재를 발견
하고 붙들었는지 예시를 보여주고, 그 소재들의 성격을 규
명하는 방식으로 구성되어 있습니다. 쓰고 싶은 욕망은 솟
구치는데, 도무지 무엇을 써야 할지 몰라 헤매는 이들에게
도움이 될 수 있는 책을 써 보고 싶었습니다.

　누군가는 요즘처럼 말도 안 되게 정교하고 유창하게 글을
써내는 AI가 등장한 시대, 이러한 글쓰기 책이 과연 우리에
게 어떤 도움을 줄 수 있을지 물어올지도 모르겠습니다. 아
주 잠시 뚝딱거렸을 뿐인데 나와는 비교도 되지 않는 속도
로, 여러 사람에게서 학습한 다양한 작법으로 글을 내뱉는
AI 프로그램이 있는데 말입니다.

　그럴수록 나는 다시 '무엇을 쓸 것인가'라는 질문으로 돌
아가게 됩니다.

　AI는 정말 많은 것을 압니다. 그러나 내 삶에 실제로 있었
던, 나만이 겪은 그 순간까지는 아직 모릅니다. 반지하 원룸
의 곰팡내, 식탁을 버리던 저녁의 기분, 소주를 한 모금 들이

킬 때 밀려오던 감정들. 이건 단순한 정보가 아니라 삶 그 자체이고, 그렇기에 글로 쓰일 수 있는 진짜 재료입니다.

결국 글쓰기는 기술 이전에 태도이고, 표현 이전에 관찰입니다. 이 책은 그 태도를 단련하는 데 도움이 될 수 있습니다. 내가 살아오며 수집해 온 작고 사소한 순간들을 어떻게 하나의 이야기로 붙들었는지, 어떻게 글감의 씨앗으로 삼았는지, 그 경험과 방식을 정리했습니다.

글쓰기에 있어 사람이 직접 해내야 하는 부분이 점차 줄어들고 있는 이 시기에 여전히 작가이고 싶은 모두를 위해, 더 오래 우리가 작가라는 이름으로 살아남을 수 있는 방안에 대한 하나의 의견을 던지고 싶었습니다. 가까운 곳에서, 혹은 깊은 곳에서 찾아낸 글감들은 여전히 작가라는 이름을 지키고 있을 가치가 있는 존재들이라는 것을 증명할 것입니다. 나는 아직 그것을 믿고 있습니다. 당신만의 보석 같은 이야기를 찾아내는 작가로 오래 살아남길 바랍니다.

강백수

차례

프롤로그　6

— 이런 것도 글이 되는군요

1부　아무것도 아닌 이야기를 시작해보자

누구에게나 있을 법한 이야기　19

당신의 사소함이 누군가의 특별함　23

당신의 특별함이 누군가의 사소함　28

요즘 들어 자꾸만 하게 되는 이야기　34

오늘도 내 곁을 지켜준 사람들　40

슬프게 말하기엔 조금 웃긴 이야기　46

당신이 지금 보내고 있는 시절　51

2부   흘려보내지 않는 태도

이별의 순간에도 레이더를 켜라   59

어제 목격한 풍경   66

지난밤 꿈이 일상으로 흩어지기 전에   73

바로 지금 이 순간을 기록하고 싶은 욕망   79

3부   마음이 말을 고를 때

당신이 가장 하기 힘든 말   87

쑥스러운 편지   93

사랑에 빠졌던 바로 그 순간   99

사랑스런 나의 털복숭이 친구들   105

축하해!   112

4부   지금 여기서 살아가는 일

내가 경험한 사회 121

사연 없는 집안 없다 126

우리 세대 이야기 136

당신이 아직 아이였을 때 143

기억에 진하게 남아 있는 그 장소 149

오늘도 내가 머물렀던 곳 156

우리는 미디어의 바다 위를 떠도는 배 165

5부   이런 이야기까지 써야 하나

이런 이야기까지 써야 하나   175

감탄만 하다 끝나는 뻔한 여행기 말고   180

현실에 환상 더하기   186

죽음을 이야기한다는 것   193

쓰레기 봉지에도 손을 넣어   199

가만 생각해보면 모두가 전문가   206

에필로그 212

— 왜 쓸까?

1부

아무것도 아닌 이야기를 시작해보자

누구에게나 있을 법한 이야기

아, 지루하다

아, 재미없다

아, 하기 싫다

아, 의미 없다

다 때려치우고 집에 가고 싶다

침대에서 뒹굴뒹굴 고양이랑 놀고 싶다

피자나 한 판 시켜놓고 테레비나 보고 싶다

집에 가고 싶다 집에 가고 싶다

— 싱글 '집에 가고 싶다'

영양가 없이 이야기만 늘어지는 미팅 자리가 있었습니다. 동석자들이 두어 시간 논쟁을 벌이는 동안 나는 '빨리 집에 가고 싶다'는 생각만 했습니다.

지루함을 견디다 못해 수첩을 꺼내 뭔가 중요한 내용이라도 적듯이 이렇게 적었습니다. '아, 빨리 집에 가서 고양이랑 놀고 싶다. 저녁에는 피자나 한 판 시켜 먹어야지.'

적어놓고 보니 나 말고도 지금 집에 가고 싶은 사람 참 많겠다 하는 생각이 들었습니다. 달갑지 않은 이들과 마주하고 앉아 있는 나 같은 사람들뿐만 아니라, 학교에서 지루하게 수업을 듣고 있는 학생들, 직장 상사에게 욕먹고 난 뒤 텅 빈 모니터 앞에 앉아 있는 회사원들 모두 지금 집에 가고 싶지 않을까? 나와 꼭 같은 삶을 살고 있지 않더라도 '집에 가고 싶다'는 이 생각만큼은 많은 이들이 공감해주지 않을까? 하는 생각에 멜로디를 붙였습니다.

이렇게 만들어진 곡을 발표하며 내심 야근하는 직장인들이 이어폰을 꽂고 무한 반복으로 들어주길 기대했습니다. 그런데 야근하는 직장인들보다 더 집에 가고 싶은 사람들이 있더군요. 이 노래는 군대로 흘러 들어가 현역 장병들의 애창곡이 되었습니다. 언젠가부터 유튜브에 올려둔 뮤직비디오에 장병들이 찾아와 전역 날이 며칠 남았는지 댓글로 달고 가는 일이 잦아졌습니다. 어디서 어떤 계기로 이 노래가 군 장병들 사이에 퍼졌는지 모르겠지만 이것만큼은 분명했습니다. 여기저기 떠돌며 일하는 나와, 회사에서 일하는 수

많은 직장인과, 나라를 위해 군 복무하는 군인들 모두 비슷비슷한 마음으로 하루하루를 살아가고 있구나!

특별한 글이 반드시 유일무이한 소재나 이야기로부터 나오는 것은 아닙니다. '내 글이 특별했으면 좋겠어'라는 생각을 자세히 들여다보면 '다른 사람들이 내 글에 공감해줬으면 좋겠어' 하는 욕망이 더 클 때가 많습니다. 평범한 소재와 이야기도 많은 사람들이 공감해준다면 얼마든지 특별한 글이 될 수 있습니다. 내가 쓴 글이 많은 이들의 공감을 얻길 바란다면 평범한 글감을 선택하는 게 유리합니다. 아무 일도 없었던 하루, 늘 하고 사는 생각 같은 것 말입니다.

무언가 숨 가쁘게 살아온 것 같은데 어느 날 문득 돌아보니
이 나이를 먹도록 아무것도 제대로 해 놓은 게 없고
내 딴엔 성실하게 일을 하며 사는데 통장 잔고에 자릿수는
몇 해가 지나가도 도대체가 늘어날 줄을 모르고

누군갈 만나고 웃고 떠들고 밤새도록 술잔을 기울여 봐도
돌아오는 길은 쓸쓸하기만 하네
사랑에 벅차오르던 그 밤들 무색하게 내 곁엔 아무도 없네
잠은 오지 않고 멍하니 티비만 보다 잠드네

아무리 달려도 제자리 제자리

발버둥 쳐봐도 제자리 제자리

누구에게나 있을 법한 밤이 있습니다. 열심히 사는데 하나도 나아지는 게 없는 것 같은 밤. 만날 사람이 없는 것도 아닌데 괜히 가슴 한구석이 헛헛한 밤. 그런 마음들이 갑자기 무겁게 온몸을 덮쳐오는 밤. 빨리 잊고 잠들고 싶은데 오만 생각에 하릴없이 티비 리모컨만 돌리는 외로운 밤.

오늘도 찾아온 이 무거운 밤에 머릿속을 떠도는 생각을 특별한 기교 없이 그냥 차근차근 적어봅니다. 열심히 사는데 나아지는 건 없고, 돈을 버는데 돈이 없고, 사람을 갈구하는데 사람이 없고, 사랑을 했던 것 같은데 사랑이 없다.

이러한 솔직한 마음은 나만의 것일 리는 없을 겁니다. 어딘가에서는 누군가도 나와 같이 오늘 같은 밤을 견디며 조용히 '나도 그래' 하고 중얼거리고 있겠지요.

> ✍ **뭘 쓸까?**
> 오늘 가장 많이 느꼈던 감정. 이를테면 외로움, 피곤함, 따뜻함.

당신의 사소함이 누군가의 특별함

몇 년 전까지 나는 여섯 평짜리 비좁은 원룸 여섯 채가 모여 있는 건물의 반지하방에 살았습니다. 삶이 성공적으로 풀려가는 이가 살고 있었을 리는 없는 곳. 저마다의 사정으로 궁핍해진 이들이 어쩔 수 없이 둥지를 틀고 살던 곳이었습니다. 인생이 잘 안 풀릴수록 짜증이 많아지고 주거 환경이 열악할수록 속은 좁아집니다. 마주하는 이웃들의 얼굴은 언제나 잔뜩 찌푸려져 있었습니다.

평일에는 건물이 고요합니다. 저마다 필사적으로 방세도 벌고 이 지긋지긋한 공간에서 벗어나기 위한 자금도 확보해야 하지요. 그러려면 일을 하러 나가야 합니다. 그러다 밤이 되면 하나둘 녹초가 되어 집으로 돌아와 샤워하고 잠이 듭니다. 벽이 얇아 옆방 사람 기침하는 소리까지 다 들리는 건물이지만, 평일에는 그 샤워하는 소리 외에는 특별한 소음이 없습니다.

문제는 주말입니다. 가뜩이나 짜증이 많아지고 속은 좁아진 사람들이 모두 이 건물에 들어와 있는 시간입니다. 한 주 내내 고단했던 몸을 침대에 눕히고 있노라면 슬슬 싸움하는 소리가 들립니다. 여섯 가구 중 누구랄 것도 없습니다. 매주 사람을 바꿔가며 거칠게 문 두드리는 소리가 들립니다.

"거 티비 소리 좀 낮춰요! 씨X 혼자 사는 건물도 아니고!"

'낮춰요!'에서 끝났으면 좋았을 텐데, 그 말 뒤에 붙은 욕설이 언제나 문제가 됩니다. 그 이후에는 마른 장작에 불이 붙듯 무섭게 싸움이 시작됩니다.

> 오늘의 선수는 101호와 102호
> 제발 불만 붙여 주기를 기다리던 늙은 101호의 오래된 미간 주름은
> 102호의 티비 소리를 구실 삼아 불붙기 시작했고
> 세상 되는 일 하나 없는 102호도 이때다 싶어
> 오랜만에 속 시원히 욕지거리를 내뱉는다
> ─니가 그러니까 이딴 데 사는 거야 새끼야

─ 시집 『그러거나 말거나 키스를』, '266-6'

온갖 처음 들어보는 욕설들이 오가는 와중에도 가장 신기했던 말은 "니가 그러니까 이딴 데 사는 거야, 새끼야". 그렇게 말한 사람도 이딴 데 사는 사람입니다. 결국 자기 얼굴에 침 뱉기나 다름없습니다. 이 싸움은 싸움 소리에 지친 또 다른 이의 호통 소리가 들리고 나서야 종료됩니다.

싸움의 과정과 내용을 이처럼 상세하게 기억하는 건 그것이 정말로 매주 벌어지는 일상적인 일이었기 때문입니다. 내게는 전혀 새로울 것 없고, 그래서 어쩌면 글감조차 되지 못하고 흘러갔을지도 모르는 이야기입니다.

그런데 일평생 부모님 소유의 아파트에서 살다가 결혼을 하고, 신축 브랜드 아파트에 신혼살림을 차리고 사는 내 친구에게 이 이야기를 들려준다면 어떨까요? 어떻게 그런 데서 사냐며 경악하지 않을까요? 나에게 일상적으로 일어나는 일이 누군가에게는 아주 낯설게 느껴질 수 있습니다.

이건 직업에 따라 자신이 하는 일을 기술하기만 해도 성립되는 이야기입니다. 직업인으로서의 나의 일상에 대해 말해보겠습니다.

음반을 만들어야겠다는 생각이 들자마자 싸구려 통기타를
마련했다. (중략) 통기타를 사고 남은 돈 85만 원 중 30만
원 정도는 밥값과 술값으로 지출되었다. 가까운 사람 중 내
앨범에 참여할 수 있는 사람들을 만나 밥을 먹이고 술을 먹
였다. 음향 공부를 하고 있던 내 친구 재원이와 당연하다는
듯이 부려먹은 헌재, 하모니카를 불 줄 아는 현철이, 현철이
와 함께 타악기 공부를 하고 있던 선배 성현이 형, 함께 수
업을 듣던 중 우연히 첼로 연주가 취미라는 걸 알게 된 승
희. 그들을 섭외하여 바로 앨범 제작에 들어갔다.

녹음부스도, 제대로 된 장비도 없이 나와 연주자들은 반나
절 만에 여섯 곡을 몽땅 녹음했다. 대학 시절 몸담았던 민중
가요 노래패 연습실 후배들을 죄다 쫓아내고 재원이가 가져
온 노트북과 마이크 하나를 설치했을 뿐이었다. 여러 사람
의 목소리가 필요한 '떼창' 부분은 동아리 방에서 쫓겨나 있
던 후배들을 다시 불러와 초코파이를 사주며 녹음하게 했다.
방학을 맞아 별로 하는 일 없이 집에서 뒹굴던 여동생에게 5
만 원을 쥐여 주며 앨범 재킷을 그리게 했다. 그리고 50만
원으로, 가장 저렴한 구성의 CD 프레싱을 공장에 맡겼다.

— 산문집 『서툰 말』, '망한 앨범 제작기'

나의 직업 중 하나인 인디 뮤지션으로서의 생활에 대한 이야기입니다. 100만 원으로 데뷔 앨범을 만드는 과정을 적은 에세이입니다. 간단한 기타 코드로 곡을 만들고 스탭과 연주자를 섭외하고 간단한 장비로 녹음을 하고 CD 프레싱을 맡기는 이야기. 내겐 특별할 것 하나 없는 셀프 앨범 제작기입니다만 어떤 독자에게는 이것이 한 뮤지션이 시장에 첫발을 내딛는 과정을 생생하게 체험할 수 있는 기회가 되기도 했습니다.

많은 이들이 자신이 속하지 않은 업계의 실상을 궁금해합니다. 당신이 매일 겪는 평범한 일들은 업계 사람에게야 별것 아닐지 몰라도 다른 삶을 살고 있는 누군가에게는 충분히 새롭고 흥미로운 이야기가 될 수 있습니다.

당신은 어떤 일상을 살고 있나요? 비슷한 삶을 사는 사람은 많겠지만 당신과 똑같은 삶을 살고 있는 사람은 없습니다. 생각보다 많은 이들이 당신의 별것 아닌 일상에 관심을 가질지도 모릅니다.

✎ **뭘 쓸까?**
내겐 별것 아닌 평범한 일상.

당신의 특별함이 누군가의 사소함

　당신의 일상이 타인에게 특별할 수 있다면, 타인의 일상이 당신에게 특별하게 다가올 수도 있지 않을까요? 나와 다르게 사는 누군가의 일상을 바라보며, 그에게는 당연한 일들이 나에게는 생경한 경험일 수 있는 거지요. 그러니까 이번에는 내 삶을 들여다보고 기록하라고 이야기했던 앞선 장과 달리 나의 주관적인 시선으로 바라본 타인의 삶을 글감으로 삼을 것을 제안합니다.

　나는 한 번도 소위 말하는 4대보험을 들어주는 곳에서 일해본 적이 없습니다. 출퇴근을 해 본 적은 있긴 하지만 아르바이트나 프리랜서 신분이었습니다. 나에게 나인 투 식스로 회사에 출퇴근하는 직장인의 삶은 미지의 세계였죠.

　대학을 졸업한 지 얼마 지나지 않은 어느 날, 대기업에서 일하는 선배에게 점심을 얻어먹으러 종로에 갔습니다. 청계천변에 있는 어느 기업의 거대한 사옥 앞에 조금 일찍 도착해 봄바람을 맞으며 선배를 기다렸습니다. 월요일 오전 열한 시 반의 종로 거리는 무척이나 한산했습니다.

그런데 시계가 열두 시를 가리키자 거리의 모습이 완전히 달라졌습니다. 숲을 이룬 종로의 빌딩들이 저마다 사람들을 토해내는 것 같은 광경이랄까요. 빌딩에서 일제히 쏟아져 나온 사람들이 거리를 가득 메우면서, 한산했던 청계천변은 인산인해를 이루게 되었습니다.

정장 차림에 사원증을 목에 건 선배와 갈비탕을 먹으면서 이 광경이 놀랍다고 말했습니다. 선배는 매일 보는 광경이라 한 번도 놀랍다고 생각해본 적이 없다고 했습니다. 식당에 앉은 사람들은 모두 급하게 밥을 먹는 것 같았습니다. 우리도 조금 빠르게 밥을 먹고는 아이스 아메리카노를 한 잔씩 사 들고 청계천 난간에 팔을 괴고 이야기를 나누었습니다. 조금 전까지 밥을 먹던 사람들이 모두 청계천 난간에 기대어 커피를 마시고 있는 것 같았습니다.

이윽고 오후 한 시가 되자 무슨 일이 있었냐는 듯 거리는 다시 조용해졌습니다. 그 많은 사람이 있던 청계천변에는 다시 나를 비롯한 몇 명만 남게 되었습니다.

짧은 점심시간, 한숨이 나온다
급하게 밥을 먹고서 커피를 마신다
하늘은 파랗고 날씨도 좋은데
그것도 모른 채 빌딩에 갇혔네

출근하자마자 퇴근이 그립고
퇴근하자마자 출근이 두렵고
그렇다고 그만둘 용기는 없는데
계속 이렇게 살 자신도 없는데

월화수목금토일,
평일은 길기만 하고 주말은 짧기만 하고
벌써 월요일

하루하루 열심히 살아가다 보면
정말 행복해질까
그런 날이 올까

— 2집 「설은」, '오피스'

청계천의 직장인들은 그들 자신을 전혀 애처롭다 생각하지 않을지 모릅니다. 그들에게는 매일 반복되는 일상이니까요. 그러나 청계천에 다닥다닥 붙어 있다가 한 시가 되자 일제히 사람들이 사라지던 그 광경은 내게는 신기하고도 낯설었습니다.

이 노래를 만들고 난 뒤에도 직장인의 일상에 대한 호기심은 사그라지지 않았습니다. 그러던 중 아예 직장인들의 삶을 직장인이 아닌 나의 시각에서 관찰하고, 그 이야기로 책을 엮을 기회가 생겼습니다.

5년 전 나의 장래희망은
출근을 하는 것이었다
지금 나의 장래희망은
출근을 안 하는 것이다

— 『사축일기』, '5년 전'

『사축일기』라는 책에서 나는 어떤 이야기들은 직장인 친구들이 들려준 이야기들을 그대로 옮기기도 했지만, 또 어떤 부분에서는 내가 직장인이 아니기에 발견할 수 있었던 이야기를 글감으로 삼았습니다. 친구들의 일상이지만 그들에게는 너무 사소해서 이야깃거리가 아니었을 이야기. 그러나 내게는 펄떡펄떡 뛰는 활어처럼 싱싱한 소재들.

　가고 싶었던 기업에 취직해 일하고 있는 친구 자췻집에 초대받아 갔던 날, 우연히 친구의 신발장을 보게 되었습니다. 운동화로 가득한 신발장 한쪽에는 출근할 때 신으려고 부랴부랴 마련한 구두 두 켤레가 가지런히 놓여 있었습니다. "이제 운동화는 주말에만 신는 신발이 되었겠는데?" 이렇게 말했더니, 친구는 그제야 그 사실을 깨달았다는 듯 탄식을 내뱉었습니다. 이런 건 내가 그 친구와 다른 입장이기에 발견할 수 있는 것이지요.

구두는 두 켤레
운동화는 다섯 켤레

두 켤레 구두는 일주일에 닷새를 신고
다섯 켤레 운동화는 일주일에 이틀밖에 못 신는다

이런 신발

— 『사축일기』, '이런 신발'

　프리랜서의 시각으로 바라본 직장인의 삶을 애처롭게 바라본 시각을 예로 들었지만 이 방식은 다른 상황에도 충분히 적용할 수 있습니다. 직장인의 눈으로 본 자영업자의 일상, 서울에 사는 사람이 바라본 제주 시민의 삶, 기혼자가 바라보는 비혼주의자의 생활처럼. 자신과 다른 삶을 사는 이들의 세계를 관찰해보는 것이지요. 당사자에게는 너무 익숙해 보잘것없어 보이는 일들도 그 바깥에서 지켜보는 이가 뜻밖에 흥미롭고 신선한 이야기로 엮어낼 수 있습니다.

내가 특별하다고 느낀 다른 사람들의 평범한 일상.

요즘 들어 자꾸만 하게 되는 이야기

작가라는 직업은 일부러 세상과 소통하려 노력하지 않으면 고립되기 쉬운 직업입니다. 많은 사람들이 직장에 출근해서 직장 동료들과 대인관계를 맺고 이야기를 나눌 때, 작가는 방 한구석에서 대개 혼자서 글을 씁니다.

그래서 나는 글이 정체되거나 스스로 고립되어 간다고 느낄 때 친구들을 만납니다. 친구들을 만나면 밥을 먹고, 커피를 마시고, 술을 마십니다. 사실 다 같은 행위입니다. 밥이나 커피나 술이나 결국 대화지요. 대화는 중요합니다. 타인에게 내 생각을 전하려면 먼저 스스로 정리해야 하고, 그 과정에서 '내가 이런 생각을 하고 있었다고?' 하고 깨닫는 순간이 옵니다.

또 대화를 나누다 보면 요즘 나의 관심사가 어디에 있는지 알게 되기도 합니다. 다양한 사람들을 만나 대화를 하다

보면 나도 모르게 반복해서 하는 이야기가 생깁니다. 어제 대학 동기에게 했던 이야기를 오늘은 직장 동료에게, 또 며칠 뒤에는 다른 친구에게도 하게 되는 식이지요. 그런 이야기라면 분명 요즘의 나를 지배하고 있는 중대한 화두일 가능성이 큽니다.

한때 이런 대화를 자주 꺼냈습니다.

"걔는 왜 그런 짓을 하는 걸까?"
"외로워서 그래, 외로워서."

외로움. 그 시절 나의 화두였습니다. 웬만한 이상한 행동이나 상처 주는 말을 들어도 "외로워서 그렇다"라고 대답하면 얼추 설명이 되는 것 같았습니다. 농담 반 진담 반으로, 심지어 북핵 문제의 원인까지도 북한의 지도자 개인의 외로움에서 찾을 수 있다고 떠들어댔습니다.

내가 입장을 바꿔서 생각을 해 봤는데 말야
오죽 외로우면 그러나 싶더라고
부모 일찍 여의고, 형제는 어디 형제인가 그게
그렇다고 친구가 있겠어 뭐가 있겠어
부질없이 돈이랑 권력만 많아서

뭐든지 다 가질 수는 있겠지만 생각해 봐

원하는 걸 뭐든지 손에 넣을 수 있다는 게

얼마나 공허한 일일지 말이야

사람이 외로우면 무언가 파괴하고 싶은 거거든

괜히 미운 짓 해서 관심받고 싶은 거거든

그래서 그런 거야 그 녀석은

사람들과의 대화에서 농담 반 진담 반으로 반복해서 떠들어댄 말이 글이 되듯, 사람들의 같은 질문에 반복해서 답하다 보면 글로 정리되는 경우도 있습니다. 술자리에서, 특히 시간이 늦어지고 술을 많이 마시게 되는 자리에서 돌아가신 어머니 이야기가 나올 때가 있습니다.

"저기, 미안하지만 부모님을 여읜다는 건 어떤 느낌이야?"

부모님에 관한 이야기를 소재로 만든 '타임머신'이라는 노래가 나의 대표곡이 된 뒤로 자연스레 많은 친구들이 질문을 해옵니다. 이젠 대답에도 레퍼토리가 생겼습니다.

나는 어머니가 돌아가셨을 때, 그 당시에는 생각보다 슬프지 않았다고 대답합니다. 하늘이 무너지는 기분이 들어야 마땅한 일이지만 장례를 치루는 동안에는 워낙 정신이 없기도 하고, 그 감각이 낯설기도 해서 잘 실감이 나질 않습니다. 신기하다는 표정으로 나를 바라보는 친구들에게 진짜 슬픔은 장례를 마치고 집에 돌아온 날부터 시작된다고 이야기합니다. 어머니가 돌아가신 지 20년 가까이 지난 지금도 가끔 어머니 꿈을 꾸고 나면 어머니가 여전히 계신다는 착각을 짧게나마 할 때가 있습니다. 그런 순간이 가장 괴로운 순간입니다. 그리고 아직도 그 슬픔으로부터 완전히 벗어나지 못하였다는 생각을 하면 조금 가혹하다는 생각도 듭니다. 레퍼토리의 마지막은 항상 이렇게 끝납니다.

"나는 슬픔이 일시불일 거라고 생각했는데, 사실은 평생 갚아야 하는 할부 같은 거였어."

소중한 사람을 영영 볼 수 없게 된 날
생각만큼 눈물이 나진 않았어
때 되면 배고프고 밤엔 잠도 잘 오고
오히려 죄책감이 들기도 했지

시간은 흘러서 잊고 지내던 어느 날
아침부터 주저앉아 울었네

꿈속에 만난 얼굴 떠나간 걸 잊고서
불러보다 왈칵 쏟아져 버렸지

그래 이별은 막연히 걱정했던 것보다는
그럭저럭 견딜만한 딱 그 정도의 아픔
그래 하지만 슬픔은 일시불이 아니고
평생 동안 갚아야 할 빚 같은 그리움

— 2.5집 「야광별」, '빚쟁이'

생각보다 많은 사람들이 이 이야기를 물어보곤 한다는 사실, 그리고 거기에 대해서 대답하게 되는 일이 많다는 사실을 깨닫게 되었습니다. 그리고 내가 이 슬픔과 그리움이라는 감정에 대해 설명하는 일을 즐긴다는 사실 또한 알게 되었습니다. 이것이 어느새 내겐 아주 중요한 이야기가 되어 버린 것입니다. 이토록 중요한 소재를 놓치는 것은 아까운 일입니다. 이 이야기를 어떤 수단으로 널리 전해볼까 하다가 내가 쓰는 것 중 가장 파급력 있는 장르라 할 수 있는 노랫말로 써 보기로 마음먹었습니다. 이제는 누군가 소중한 이를 떠나보내는 감정에 대해 물으면 나는 이 노래를 들려주곤 합니다. 설명하기가 한결 수월해진 것이지요.

혹시 누군가와 밥을 먹거나 커피나 술을 마시면서 자주 하는 이야기가 있다면 가급적 기록을 해두라고 조언하고 싶습니다. 집에 돌아오는 차 안에서 가만히 되짚어 봅시다. '오늘은 무슨 이야기를 나누었더라?' 잘 생각해보면 오래전부터 많이 했던 이야기, 아니면 요즘 들어 부쩍 자주 하게 되는 한두 가지쯤은 떠올릴 수 있을 겁니다. 그것은 현재의 우리에게 아주 중요한 이야기인 동시에 여러 번 발화되었기 때문에 아주 잘 정돈된 이야기일 가능성이 높습니다. 조금만 가공해도 좋은 작품이 될 수 있다는 이야기이지요.

요즘 가장 자주 하게 되는 이야기.

오늘도 내 곁을 지켜준 사람들

우리 앞에 놓일 무수히 많은 백지 위를 우리 자신의 이야기만으로 채워나가는 것은 쉽지도 효율적이지도 않습니다. 이미 우리 주변에는 자신의 이야기를 들려주고 있는 친구들이 여럿 있습니다. 이번에는 그들을 주인공으로 하여 이야기를 만들어봅시다.

여수에는 절친한 친구인 옥탑이 형이 살고 있습니다. 형과 나는 순천의 한 게스트하우스에서 사장과 여행자로 만났습니다. 형은 한때 고향인 여수를 떠나 이웃 도시인 순천에서 게스트하우스를 운영하며 밤마다 여행자들에게 노래를 들려주는 행복한 삶을 살았습니다. 나도 그곳을 종종 찾아 노래를 보태곤 했습니다.

그 즐거웠던 시간은 오래 지속되지는 않았습니다. 코로나19로 여행과 모임에 제약이 생기며 형의 사정은 점점 어려워졌고, 게스트하우스는 빚만 남긴 채 문을 닫고 말았습니다.

형은 여수로 돌아가 빚을 갚기 시작했습니다. 낮에는 공장에서 일을 하고, 밤에는 오토바이로 음식 배달을 하는 형은 내가 여수에 가도 도통 만날 시간을 내어주기 어려울 만큼 바쁘고 힘겨운 나날을 보냈습니다. 언젠가 상황이 좋아지면 연락이 오겠지 하면서 몇 년을 기다렸고, 드디어 형으로부터 연락이 왔습니다.

여수에서 만난 형의 얼굴은 조금 수척해져 있었지만 표정만큼은 어쩐지 힘들어 보이지 않고 오히려 생기가 돌았습니다. 형은 드디어 빚을 어느 정도 정리했고, 자그마한 배달 치킨집을 하나 인수했다고 했습니다. 이제는 공장 일도, 배달 일도 하지 않게 되어서 기타도 다시 만지곤 한다며 웃는 형을 보며 가슴이 아려왔습니다.

"새 오토바이였는데 팔 때 보니까 적산 거리가 52,000km더라."

별 뜻 없이 한 말에 눈물이 왈칵 날 것 같았습니다.

이 이야기는 단지 형의 이야기가 아니라 뜻밖의 재앙으로 무너졌던 모든 사람들의 이야기일 수 있겠다는 생각이 들었습니다. 기어이 다시 일어나고야 만 이들에게는 존경의 박수를, 아직 터널 속을 달리고 있는 이들에게는 응원을 보내고 싶다는 마음에 형의 이야기를 시로 적어보았습니다.

끝 모를 터널 같은 시절이 있다

그는 마지막으로 쥐어 짜낸 돈으로 산 배달 스쿠터를 타고
저 너머로 달려보기로 했다

낮에는 공장에서 빚을 갚고
밤에는 배달통을 싣고 빚을 꿈꿨다

터널 안에는 좌회전도 없고 우회전도 없고 멈춤 신호도 없고 휴게소도 없다

오로지 직진만이 있을 뿐이다

끝내 그가 터널의 끝에 다다랐을 때 오토바이 계기판에 찍힌 누적 거리는 52,000km였다

— 시집 『가라 인생』, '52,000km' 전문

　　물론 주변 사람들의 애기를 듣거나 일방적으로 관찰하는
방식으로만 그들에 대해 쓸 수 있는 건 아닙니다. 그들과 나
사이의 사건이나 역사에 대해도 이야기할 수 있습니다. 고
등학교 때 내게 밴드를 하자고 꼬드기고, 결국 나를 딴따라
로 만들어버린 하헌재라는 친구에 관한 노래가 있습니다.

　　　내가 불효자가 된 것, 망나니가 된 것
　　　다 하헌재 때문이다
　　　돈 일이십만 원에 쩔쩔매는 것도
　　　다 하헌재 때문이다
　　　내가 맨날 술 퍼먹고 뚱뚱해진 것도
　　　다 하헌재 때문이다
　　　비엠더블유 못 타고 똥차 타는 것도
　　　다 하헌재 때문이다

　　　고등학교 일 학년 때 밴드하자고 꼬시지만 않았어도
　　　지금쯤 난 공부해서 취직하고 떵떵거리며 살 텐데

　　　내 인생 꼬인 것 하헌재 때문이다
　　　내 팔자 조진 것 하헌재 때문이다

— 1집 「서툰 말」, '하헌재 때문이다'

이 노래를 발표했을 때, 많은 사람들이 웃음을 지었습니다. 이런 일들이 종종 있는 일들이기 때문일 수도 있지만 일단 자기 팔자가 꼬인 것에 대해 친구 탓을 하며 푸념을 늘어놓는 한 사내의 모습이 우스꽝스럽기 때문이었을 겁니다.

사실 이 노래는 밴드를 하자고 꼬드긴 친구를 빌미로 삼아 불효자, 망나니, 돈에 쩔쩔매고 뚱뚱하고 똥차 타는 어른이 되어버린 못난 나 자신에 대해 이야기하고 싶어 만든 노래입니다. 우리는 타인과 쌓아가는 관계 속에서, 그리고 함께 만들어가는 이야기 속에서 나 자신의 어떠한 모습을 더 강렬하게 만나기도 합니다. 친구 탓을 하며 푸념을 늘어놓는 일을 통해 나 자신의 못난 모습을 더 적나라하게 마주할 수 있었습니다.

결국 오늘도 우리 곁에 머문 어떤 사람들은 우리로 하여금 세상을 보게 만드는 창이 되어줍니다. 그 세상을 구성하는 이들을 더 잘 이해할 수 있도록 도와주는 교보재가 되기도 하고, 나 자신의 어떠한 면모를 더욱 뚜렷하게 비추어주는 거울이 되어주기도 하죠. 이들에 대해 면밀하게, 중요한 것을 놓치지 않으며 글을 써나간다면 우리는 우리 자신에 대해서도 더 풍부하게 이야기할 수 있을 것입니다.

내 곁을 지켜주는 사람에 대한 글을 쓰는 데 필요한 것은 진솔한 소통이고, 또 그것을 위해 가장 필요한 것은 서로 간의 애정일 것입니다. 곁에 있어 준 것만으로도 모자라 나의 글이 되어주기까지 한 나의 소중한 벗들에게 감사를 전하고 싶습니다.

슬프게 말하기엔 조금 웃긴 이야기

글은 어쩔 수 없이 그것을 쓰는 사람의 성격을 닮습니다. 내가 쓴 글에도 당연히 나의 성격이 드러납니다. 이를테면 자신에 대해 이야기하길 좋아하면서도 한편으로 쑥스러워하는 성격 같은 것 말이지요. 슬프거나 힘겨운 일이 닥쳤을 때 주변 사람들에게 털어놓고 싶은 마음과 그 아픔을 타인에게 그대로 말하기엔 조금 민망하다는 생각이 함께 들곤합니다. 이 상반된 마음과 생각이 뒤섞이며 나의 글쓰기는 슬픈 이야기에 농담을 섞는 방식으로 진화했습니다. 얼핏 보면 웃긴데 사실 슬픈 사연이 숨어있는 경우가 많지요.

> 괜스레 울적한 늦은 밤
> 혼자 허름한 식당에 들어가
> 소주 한 병과 감자탕 한 그릇
> 외로운 마음을 달래어 본다

고기 한 젓가락 집다가
하얀 셔츠에 국물이 튀었다
젖은 휴지로 얼룩을 지우다
갑자기 치밀어 오르는 눈물

이제는 나 알 것 같은데 네가 얼마나 날 아껴줬는지
젓가락질이 서툰 나에게 감자탕 고길 발라주던 너

예쁜 손톱 밑에 들깻가루가 끼는데도
내게 감자탕을 발라주던 네가 있었다
맛있게 먹는 날 보는 것이 제일 좋다던
널 버렸다 너는 닿을 수 없는 곳에 있다

— 1집 「서툰 말」, '감자탕'

아주 슬픈 이별 노래 가사를 쓰고 싶었습니다. 그런데 마냥 슬픈 단어와 문장만을 늘어놓기에는 또 민망한, 평소의 성격이 툭 하고 튀어나와 버렸습니다. 그래서 슬픈 정서는 유지하되 노래에 등장하는 남자를 조금 우스꽝스러운 상황에 밀어 넣었습니다.

울적하고 외롭고 그리운데, 그래서 찾은 곳이 하필 감자

탕집인 상황. 혼자 고기를 발라 먹다 왈칵 그리움과 눈물이
터져버리고 마는 웃픈 상황을 만들었습니다. 이 노래의 장
르는 발라드입니다. 발라드 선율 속에서 감자탕과 국물, 고
기 같은 단어가 등장하고, 손톱 밑에 들깻가루가 끼는 상황
에 많은 분들이 '풉' 하고 실소를 터뜨리곤 합니다. 뭔가 웃
음이 나와서 지질한 상황에 놓인 남자가 더 애처롭게 느껴
진다면 제가 이 노랫말을 쓸 때 목표한 바가 잘 이루어진 겁
니다. 때로는 슬퍼야 하는 상황 속에 웃음이 존재하기도 하
고, 웃음 뒤에 감춘 눈물이 더 애처로울 때도 있으니까요.

우주를 구하다 말고 생수를 사러 편의점에 다녀왔다

이것은 오늘의 첫 외출

젖어있는 콘크리트 바닥, 비가 왔나 봐

은하계의 미래가 내 손가락 끝에 달려 있어서

창밖 한 번 쳐다볼 생각을 못 했지

몇 시일까 집집마다 불은 꺼져 있어

터덜터덜 자취방에 들어와 슬리퍼를 벗어 두고

다시 우주로 떠난다

─밤낮으로 여러분의 미래를 위해

이렇게 고군분투 악전고투 하는 한 사나이가 있다는 걸

불 꺼진 방 안의 여러분들은 꿈에도 모를 겁니다

물론 제가 무슨 명예 같은 걸 바라고 싸우는 건 아닙니다만
이렇게 하루 종일 우주만 구하다 보니 정작 내가 표류하고
있어요!

이곳은 광활한 은하 한구석 작은 방 작은 침대
나는 방금 드디어 우주를 구했다, 소리치고 싶다
누구라도 좋다 응답하라 응답하라

— 시집 『그러거나 말거나 키스를』, '우주영웅'

이 작품 역시 나름대로 슬픈 상황을 이야기하고 싶어서
썼습니다. 세상과의 소통도, 미래에 대한 계획도 포기한 채
살아가는 수많은 청년들의 좌절감을 이야기하고 싶었습니
다. 그러나 이들의 모습을 너무 처절하게 그리고 싶지는 않
다는 생각이 들어 약간의 유머를 가미했습니다. 이들이 방
안에서 게임에 몰두하는 행위에 불필요한 비장함을 더한 것
입니다. 세상으로부터는 격리되어 있으나 게임 속에서만큼
은 누구보다 진지하고 엄숙한 이들의 태도가 처음에는 우습
다가 나중에는 씁쓸하고 애잔하길 바랐습니다. 그리고 그런
감정을 통해 결국 그들이 느끼는 좌절과 고독에 도달하길
소망하며 쓴 작품입니다.

진지해야 할 순간엔 당연히 진지해져야겠지요. 하지만 삶이 언제나 무겁기만 할 수는 없습니다. 지나치게 진지한 태도는 때때로 사람 사이에 거리를 만들기도 하니까요. 적절한 농담은 마음의 여유를 찾게 도와주고, 관계를 부드럽게 이어주는 힘이 되기도 합니다. 어떤 이야기들은 슬픔이나 아픔의 본질에 정면으로 다가가는 방식이 어울리지만, 또 어떤 이야기들은 약간의 농담이 섞일 때 오히려 더 진하게 와닿습니다.

당신이 지금 보내고 있는 시절

사람들은 시간을 지구의 자전을 기준으로 하루, 달의 공전을 기준으로 한 달, 지구의 공전을 기준으로 한 해로 잘라서 사용하고 소통합니다. 천체의 움직임을 기준으로 정한 토막이므로 이러한 시간은 객관적이고 일정합니다.

그러나 시간은 때로는 개인적인 사건을 기준으로 토막 나기도 합니다. 우리는 이것을 '시절'이라고 부릅니다. 시절을 나누는 기준은 다양합니다. 나의 경우 내 동생이 태어나지 않았던 시절, 시계를 볼 줄 모르던 시절, 초등학교에 다니던 시절, 엄마가 아팠던 시절, 가슴 속에 혼돈을 품고 살던 사춘기 시절, 첫사랑의 달콤함에 취해 있던 시절, 떠나간 사람을 원망하고 한편으로 그리워하던 시절, 그래도 그만큼 순수했던 시절 등과 같이 나눌 수 있겠습니다. 어떤 때는 비교적 명료한 사건을 기준으로, 또 어떤 때는 다소 추상적인 사실을 기준으로 우리는 시절들을 나누어 기억합니다.

지금의 나도 어떤 시절로 기억될 겁니다. 개인적으로는 결혼 3년 차의 신혼 시절로, 아내가 첫 아이를 임신했던 시절로 기억될 것 같습니다. 이 책을 집필하고 있던 시절로 기억될 수도 있고, 지금 필사적으로 집필을 방해하고 있는 고양이 삼봉이가 죽은 뒤에는 삼봉이가 살아 있던 시절로 기억되기도 하겠지요.

이 모든 시절은 언젠가는 끝나고, 우리는 다음 시절을 살아가게 될 겁니다. 그리고 아마 다시는 돌아오지 않겠지요. 그렇기에 지금 이 시절이 아니면 쓸 수 없는 이야기도 존재할 겁니다. 시간이 지난 뒤에 회상해서 쓰는 것도 가능하겠지만 당장 이 시절을 살아가며 쓰는 것만큼 생생하기는 힘들 겁니다.

시절에 관한 글을 쓰는 일은 지금이 어떤 시절인지 규정하는 일에서 시작합니다. 2018년은 내게 삼십 대 초반이었던 시절이었고 이별에 허탈해하던 시절이었습니다. 반지하 원룸에 살았던 시절이었고 거기서 하루라도 빨리 탈출하고 싶었던 시절이었습니다. 지긋지긋한 시절이었지만 무언가 많이 썼던 시절이었고, 그래서 노랫말과 시로 많이 기록된 시절이었습니다. 찬란함과는 거리가 멀었던 그 시절을 그토록 열심히 기록했던 이유는 심적으로나 물질적으로 가난했

던 그 시절을 언젠가 내 청춘의 끝자락이라고 기억할지도
모른다는 생각 때문이었습니다.

　　창을 열어도 회색 담장만 보이는 작은 방에

　　전에 살았던 이가 붙여 놓은 싸구려 야광별

　　하루를 견뎌낸 고단한 몸을 침대에 뉘이고

　　희미한 빛을 바라보다가 두 눈을 감는다

　　하늘의 별들처럼

　　이 도시를 수놓은 많은 사람들은

　　어떻게 저렇게 확신에 찬 얼굴로

　　살아갈 수 있는 걸까

　　나도 언젠가 서른 즈음엔 그 옛날 노래처럼

　　삶을 담담히 받아들이며 살아갈 줄 알았는데

　　서른을 지나 몇 해가 가도 여전히 난 이 생이

　　너무 어렵고 때론 두려워 멍하니 야광별만 보다 잠이 든다

— 2.5집 「야광별」, '야광별'

　　그때 살았던 집 천장에는 조악하기 그지없는 야광별들이
붙어 있었습니다. 그걸 붙여 놓았을 전 세입자의 마음을 헤

아려 보았습니다. 밤하늘을 바라보려고 해도 옆집 담벼락만 보이는 그 반지하에서 그는 가슴에라도 별을 품고 있었던 모양입니다. 나 역시 꿈 많던 시절이었는데, 그나 나나 현실은 그 비좁은 반지하라는 사실이 가슴 아팠습니다.

나이 서른이 되면 커다란 성공까지는 거두지 못하더라도 인생이 여러모로 또렷해지고, 하루하루에 어떤 확신 같은 것이 생길 줄 알았습니다. 아니면 김광석이 부른 '서른 즈음에'의 노랫말 속 어느 청년처럼 매일 겪는 이별에도 담담해질 수 있는 튼튼한 마음이라도 갖게 될 줄 알았습니다. 그러나 삼심 대 초반의 나는 아직 턱없이 어리기만 했습니다. 삶에 대한 어떤 확신도, 튼튼한 마음도 멀게만 느껴지던 시절이었습니다.

그 사실을 인정하고 나니 어쩌면 이 불안정함이야말로 청춘의 증거가 아닐까 하는 생각이 들었습니다. 나중에는 어쩌면 애써 떠올려야 할 귀한 마음이 될까 봐 그 마음을 애써 기록해두었습니다.

식탁을 버렸네 식탁을 버렸네
주민센터에서 스티커를 받아왔네
그래도 좁은 여덟 평짜리

반지하방을 재계약 했네

바닥에 앉아 소주를 마시네

2년 안에 돈 벌어서

이사 가게 될 줄 알았지

풀옵션 복층 오피스텔로

이사 가게 될 줄 알았지

아래층에선 일을 하고

위층에서 잘 줄 알았지

그런 일은 일어나지 않았지

나는 글렀네 나는 글렀네

세상일이 항상 뜻대로 될 것만 같았네

아이고 웃기고 있네 내 팔자에

복층은 무슨 복층

바닥에 앉아 소주를 마시네

— 2.5집 「야광별」, '식탁을 버렸네'

나는 직감적으로 그 시절이 내 인생에서 가장 가난한 시절인 걸 알았습니다. 이 시절의 곤궁함을 기록해두고 싶었습니다.

8평짜리 원룸을 재계약하던 날. 보증금 500만 원에 월세 40만 원 하던 방 방세를 올리지 않았다는 사실 때문에 주인집 할아버지한테 고개 숙여 감사하다고 말했던 날이었습니다. 그로부터 2년 전, 그 방을 처음 계약할 때는 2년 안에 반드시 돈을 벌어서 풀옵션 복층 오피스텔로 이사를 가고 말겠노라고 다짐했습니다.

그 꿈을 이루지 못했음을 인정하던 날이 바로 그날이었습니다. 그날 구두로 재계약을 마치고 방에 돌아와 가장 먼저 했던 일이 식탁을 버리는 일이었습니다. 당시 식탁이 상징하는 바는 컸습니다. 혼자 사는 방에는 사실 식탁이 필요하지 않습니다. 어차피 책상이 있고, 거기에 앉아 밥을 먹으면 되는 일이니까요. 그 좁아터진 방에 굳이 2인용 식탁을 갖다 놓았던 것은 혹시나 마음에 드는 이성이 집에 찾아올 때를 대비해서였습니다. 그런 일이 생기면 같이 와인이라도 한잔해야 할 텐데, 방바닥에 앉아서는 도무지 모양이 나질 않을 것 같았습니다. 그래서 들여놓은 식탁이었는데, 이것을 버린다는 것은 연애마저 포기한다는 선언과 다름없었습니다. 수익사업도, 연애사업도 실패를 거듭하던 그 시절은 이 노래 속에 고스란히 남아 있었습니다.

다행스럽게도 그 시절을 벗어나 사랑하는 사람과 결혼을

하고 넓지는 않지만 몇 개의 방이 있는 신혼집을 얻어 사는 지금 와서 생각해보면 추억이 된 이야기입니다. 모든 추억이 아름다울 수는 없고, 이 역시 아름답다고 말하기는 어렵습니다. 그러나 다시는 내게 찾아오지 않을, 찾아오지 않아야 할 그 가난했던 마음을 그냥 휘발시켜버리지 않고 작품 속에 담아둔 것은 참 잘한 일이라고 생각합니다. 사람은 언제나 과거의 자신이 어떤 인간이었는지 기억해야 하니까요.

그래서 나는 필사적으로 지금을 씁니다. 지금은 또 지금만 느낄 수 있는 것들이 있기에 그것을 또 작품 속에 담아두려고 합니다. 미래의 나에게는 지금 느끼는 모든 것들이 귀할 수 있습니다. 지금 쓰는 모든 것들이 훗날 지금의 나를 기억하게 만드는 타임캡슐이 될 거라고 믿습니다.

당신은 지금 어떤 시절을 지나고 있나요? 어떤 것들을 매일 느끼며 살아가고 있나요? 훗날 당신은 지금의 당신을 어떻게 기억하게 될까요? 지금 이 시절을 기록해보세요. 당신의 기록이 당신을 기억할 겁니다.

> ✎ **뭘 쓸까?**
> 지금 이 시절의 풍경과 그 안에서 느끼는 감정들.

2부

흘려보내지 않는 태도

이별의 순간에도 레이더를 켜라

창작하는 사람에게 필요한 욕망 하나가 있습니다. 어떻게든 쓸 거리를 찾아내서 쓰고야 말겠다는 욕망. 다른 말로 '소재에 대한 갈망'이라고도 할 수도 있겠습니다. 마치 마약 탐지견처럼 24시간 코를 쿵쿵거리며 뭐 어디 쓸 거리 없나 주변을 샅샅이 뒤지는 겁니다. 때로는 이런 것까지 글쓰기의 소재로 삼아야 하나 싶을 때가 있기도 합니다. 가끔 그런 자신에게 혐오감이 들 때도 있습니다. 이를테면 이별의 순간.

정말이지 끔찍하기 짝이 없습니다. 상대는 미안한 마음이든 아쉬운 마음이든 미운 마음이든 북받쳐서 울고 있는데, 나는 필사적으로 그 얼굴을 기억하려고 노력합니다. 집에 가서 이 이별을 글감으로 써야 하니까요. 그 떨리는 입술에서 나오는 말들을 녹음하고 싶습니다. 아니면 메모라도 해두고 싶습니다. 빨리 집에 가서 이 순간을 이 마음을 쓰고 싶습니다.

홍상수 감독의 영화 〈해변의 여인〉에서 문숙(고현정)이 극 중 영화감독인 중래(김태우)에게 했던 대사가 떠오릅니다.

"감독님, 이거 나중에 또 영화에 쓰시려고요?"

현실과 영화의 경계가 뒤엉키는 메타적인 농담 같은 이 대사가 왜 그리 찔리게 들렸는지 모르겠습니다. 마치 내가 살면서 누군가의 눈물을 바라보는 순간조차 '이걸 나중에 글로 써야겠다'라고 생각하는 사람이라는 사실을 들킨 기분이었습니다.

물론 나도 그 순간만큼은 온전히 미안해하고, 아쉬워하고, 미워하고 싶습니다. 그러나 나는 쓰는 사람입니다. 우리를 둘러싼 공기, 오늘의 날씨, 무엇보다 지금의 내 마음을 어떻게든 기억합니다. 집에 오는 버스에서 옷소매로 눈물을 닦아가면서도 이별의 순간에 대해 메모하며 뭔가 작품이 될 만한 것은 없는지 찾습니다. 슬픈 건 슬픈 거고, 나는 빨리 집에 가서 뭐라도 써야 합니다.

처음이라 그래 오빠 시간이 지나면 괜찮아질 거야 얼마든지
더 좋은 사람 만날 거야
뻔해도 너무 뻔한 클리셰, 말인지 똥인지 루이비똥백을 들

고 너는 나가고

잠시 앉았던 나는 영수증을 들고 계산대로 간다 방금 나가

신 여자분이 계산하셨어요

이렇게 한 장면이라도 시가 되거나 노래가 될 수 있다면 내가 경험한 만남과 이별은 그야말로 남는 장사가 됩니다. 장사라고 표현하는 게 거북해도 어쩔 수 없습니다. 글쓰기를 직업 삼고 있는 사람들은 모두 이런 장면을 팔아서 먹고 살고 있으니까요.

이별이 꼭 연인과의 이별만을 말하는 것은 아닙니다. 우리 삶은 끊임없이 이별을 경험하도록 설계되어 있습니다. 가족과의 이별, 친구와의 이별, 반려동물과의 이별까지, 모든 이별의 순간이 아주 좋은 글쓰기의 소재가 됩니다.

지난해 나는 19년을 함께한 강아지와 이별하고 말았습니다. 강아지의 주검을 태우던 날, 그날도 나는 슬퍼하면서도 내 안에서 피어나는 감정들을 기억하는 데 집중했습니다.

삼돌아 나는 사실 조금 무서웠어

화장터에서 만난 너의 주검 앞에서 네가 나를 물었을 때 내
가 너를 걷어찼던 일이 생각났고 어릴 때 병든 병아리를 아
파트 화단에 버렸던 일이 생각났고 죽은 열대어를 묻어주지
못하고 변기에 버렸던 일이 생각났어 잘못은 오늘도 꾸준히
해 나가고 있는데 나는 사과가 서툴러서 잘못들만 적금처럼
쌓이고 있는데 삼돌아 나는 어떡하면 좋을까 마지막으로 주
어진 몇 분 동안 나는 너를 만지지도 못했는데 너무 차가울
까 봐 그 냉기가 잊히지 않을까 봐

그래 어쩌면 나는 너를 오래도록 기억하고 싶다 말하면서도
한편으로는 잊지 못할까 봐 두렵기도 한가 봐 엄마처럼 병
아리도 열대어도 다 썩지 못한 채 내 꿈속을 떠도는데 네게
망할 개새끼라고 욕한 일 거칠게 너를 손으로 밀친 일들이
계속 너의 탁했던 눈동자 속에서 재생되고 있을까 봐 원망
도 할 줄 모르는 네가 혹시 그걸 기억하고 있을까 봐 기억하
지 못하더라도 없었던 일이 되는 건 아니니 그 일의 잔해가
네 작은 영혼 어딘가 남아 있을까 봐

— 시집 『가라 인생』, '명견 강삼돌'

차가웠을 삼돌이의 주검을 차마 만지지 못하고 머뭇거리
던 나 자신이 참 못나 보였습니다. 그 마음을 어떻게든 기억
하려 노력했습니다. 애정했던 대상들에게 무책임했던 많은
순간이 트라우마처럼 떠올랐습니다. 그 장면들도 어떻게든
되살려보려 노력했습니다. 무엇보다 삼돌이를 이따금 함부
로 대한 것이 미안했습니다. 그 미안한 마음이야말로 내가
정말로 기억해야 할 것이라는 생각이 들어 최선을 다해 기
억했고, 집에 오자마자 그것들로 시를 적었습니다.

이별의 순간을 놓치지 않고 기록하려는 작가로서의 삶이
때로는 징글징글하기도 하지만 삼돌이와의 이별을 기록한
일은 잘한 일이라는 생각이 듭니다. 떠난 이를 땅에 묻는 사
람도 있고, 가슴에 묻는 사람도 있는가 하면, 글 속에 묻는
이도 있습니다. 붙잡지 않았으면 흘러갔을지 모를 시간과
추억들을 그러모아 글 속에 삼돌이를 묻는 일이 내가 할 수
있는 최선의 추모가 아니었을까 생각해봅니다.

어제 목격한 풍경

지하철보다 버스를, 자동차보다는 자그마한 스쿠터를 타고 거리를 누비는 것을 좋아합니다. 풍경을 바라보기 용이하기 때문이지요. 거리를 정처 없이 걸으며 도시의 풍경과 사람을 구경하는 것도 내가 좋아하는 일 중 하나입니다.

거리마다 사연을 담은 의미심장한 장면들이 있습니다. 코인 빨래방에서 빨래를 하는 젊은 남자의 모습은 어떨까요? 별로 낯설 것 없는 장면이지만 그 시간이 만약 새벽 세 시라면? 자세히 들여다보니 세탁기 앞에 멍하니 앉은 그 남자의 눈에서 하염없이 눈물이 흐르고 있다면?

새벽 세 시, 친구들과 술을 마시다 늦은 귀가를 하던 어느 밤이었습니다. 거리에 불을 밝힌 곳이라고는 24시간 운영하는 코인 빨래방밖에 없었습니다. 그 앞을 지나다 슬쩍 유리창 안을 들여다보니 이십 대 후반에서 삼십 대 초반쯤 되어

보이는 젊은 남자 하나가 세탁기 앞에서 멍하니 앉아 있었습니다. '이 시간에 빨래하는 사람이 다 있네?' 하며 지나려는데 그가 눈에서 흐르는 눈물을 하염없이 닦아내고 있는 겁니다. 그 남자가 무안하지 않게 시선을 거두어들이면서도 그 모습을 잊지 않고 머릿속에 또렷하게 담은 채로 집에 도착했습니다.

일단 컴퓨터를 켜고 그 모습을 그대로 옮겨 적어보았습니다. 그리고서는 그 사람의 입장이 되어 생각해보았습니다. '왜 그 시간에 빨래를 돌리면서 울고 있었을까?' 실연이건, 실언이건, 가난이건, 사업 실패건, 아니면 아예 꿈을 접어야 하는 상황이건 모든 상황이 남 일 같지 않았습니다. 나 역시 그와 비슷한 나이에 홀로 살아가며 누군가를 잃기도 그리워하기도 하며 무엇 하나 쉽게 이루지 못했던 시절을 보내고 있었으니까요. 문득 젊음이라는 것이 꼭 이러한 심리적·물질적 빈곤을 동반하는 것이라면 별로 좋은 것이 아니라는 생각이 들었습니다. 내 눈앞에 펼쳐졌던 풍경에 이런 생각들을 얹어 단숨에 써 내려간 노랫말이 바로 2집 「설은」의 타이틀곡 '24시 코인 빨래방'이었습니다.

술을 많이 마신 걸까 고향이 그리운 걸까
늦은 밤 까닭 없는 외로움에 슬퍼진 걸까

오랫동안 만나왔던 여자와 헤어진 걸까

하지 말았어야 했던 말을 후회하는 걸까

등록금을 걱정하다 휴학을 해 버린 걸까

호기롭게 시작한 사업이 실패를 한 걸까

꿈을 포기해야 하는 상황을 마주친 걸까

그냥 돌아서기엔 아쉬움이 큰가

차가운 유리창 너머에는 그가 울고

유리창 표면에 그를 닮은 내가 있고

우리에겐 눈물의 이유가 너무 많고

세탁기는 무심하게 윙윙 돌고

모두 잠든 새벽 세시 코인 빨래방에 앉아

세탁기 소리에 숨어 흐느끼고 있는 남자

그 모습을 바라보다 술에 취해 걸어가다

문득 나도 그를 따라 울고 싶어지네

— 2집 「설은」, '24시 코인 빨래방'

또 다른 풍경 이야기를 해보지요. 이 도시의 한복판입니
다. 편의점 앞 낡은 플라스틱 의자에 백발의 노인이 앉아 술

을 마시고 있습니다. 사발면 하나와 미니 단무지, 그리고 빨간 뚜껑 소주로 간단히 술상을 차려두고 말이지요. 흔한 장면입니다. 그런데 만약에 그때가 하필 모두가 분주히 출근하느라 바쁜 출근 시간대라면 어떨까요? 모두가 머리도 채 말리지 못하고 지하철을 타고 각자의 사무실로 향하는 그 혼란한 도시 속에서 노인 혼자 여유롭게 소주를 마시고 있는 상황이라면 그것은 또 하나의 이색적인 장면이 됩니다.

출근길 인파가 밀려드는 대로변
씨유 편의점 보라색 테이블과 플라스틱 의자는
마치 폭풍 치는 바다 한가운데의 고무보트처럼 위태로운데
태연자약하게 앉아 있는 백발노인
여덟시 반부터 참이슬 빨간 뚜껑을 따는 그를
방만하다 해야 하나
성실하다 해야 하나

모두가 무언가를 만들거나 팔아 먹으러 가는 와중에
테이블 위에 올려 둔 사발면 하나와 미니 단무지 하나를
사치스럽다 해야 하나
검소하다 해야 하나

빌딩 꼭대기 초대형 전광판에서는

코스피가 어쩌구, 뉴욕 증시가 어쩌구
그러거나 말거나 노인은 잔뜩 힘준 눈으로
어디를 뚫어져라 보는데
분명 뚫어져라 보고 있건만
거기가 또 특별히 어디는 아니고

세상의 아침은 이미 활짝 열려 있는데
노인은 하루를
시작한다 해야 하나
마감한다 해야 하나

노인이 앉아 있는 테이블과 의자가 마치 망망대해에 떠 있는 고무보트처럼 눈에 확 띄었습니다. 가장 궁금했던 것은 아침 여덟 시에 밖에서 술을 마시고 있는 그 노인이 아침 일찍 일어나 거기에 와 있었던 것인지, 아니면 아직 잠들지 못하고 거리에 남아 있는 것인지였지요. 어쨌거나 희한한 장면이 아닐 수 없었습니다. 컵라면과 단무지로 차린 조촐한 술상이 어찌 보면 검소하다 할 수도 있겠지만, 모두가 일하러 가는 가운데 홀로 술을 마시고 있는 노인의 모습은 한편으로는 매우 사치스러워 보였습니다. 가장 인상적이었던 것은 노인의 눈빛이었습니다. 보통 소주 도수보다도 높은 소주를 마시고 있는데도 눈이 풀리지 않았습니다. 오히려 눈에 잔뜩 힘을 주고 어딘가를 노려보고 있었습니다.

아, 이것을 사진으로 잘 담기만 한다면 퓰리처상도 불가능하지는 않겠다는 생각이 들었지만 나는 그다지 사진을 잘 찍지 못합니다. 좋은 사진이란 무릇 기술도 중요하고, 찍는 사람의 사상까지도 담아낼 수 있는 앵글을 선택해야 나올 수 있는 것인데 나는 그런 것은 할 줄 모릅니다. 모르는 노인을 찍는다는 것은 실례이기도 하고, 아마추어에도 미치지 못하는 내가 찍은 사진은 도통 쓸모가 없을 것 같았습니다.

그래서 내가 잘하는 방식으로 이 장면을 기록해두기로 했습니다. 휴대폰 카메라가 아니라 노트를 꺼내어 들고 현장의 상황을 기록했습니다. 씨유, 노인, 참이슬 오리지널, 컵라면, 소주, 눈빛, 출근길, 인파, 전광판의 아침 뉴스. 이 정도만이라도 적어서 근처 카페로 향했습니다. 채집한 재료들을 다시 쌓아 올려 아까 본 장면들을 최대한 원본에 가깝게 재구성했고, 약간의 주관적인 생각들을 담았습니다. 그렇게 시 한 편이 탄생했습니다.

애써 소재를 찾아 거리로 나설 필요도 없습니다. 그저 하루하루를 당신이 살고 있는 공간에서 살아가다 보면 뜻밖의 장면들을 마주하곤 합니다. 그때 우리는 그 장면을 우리가 잘하는 방식으로 담아낼 수 있습니다. 모든 작품의 성패는 익숙한 장면을 얼마나 낯설게 보여주는가에 달려 있다고 해도 과언이 아닙니다. 이미 익숙한 공간 속 조금 일그러진 듯 낯선 장면. 우리가 많이 건드릴 필요도 없습니다. 그 장면에 우리의 생각만 조금 더하면 얼마든지 훌륭한 작품이 될 수 있습니다. 글은 손으로 쓰지요. 머리를 사용하기도 하고, 누군가는 엉덩이로 쓰기도 한다고 합니다. 그런데 어떤 글은 이렇게 눈으로 쓰기도 하는 겁니다.

지난밤 꿈이 일상으로 흩어지기 전에

나는 거의 매일 밤 꿈을 꿉니다. 정신분석학자 프로이트는 꿈이 우리의 욕망을 상징적으로 드러내는 것이라고 이야기했습니다. 그러니까 스스로도 알지 못했던 마음속 깊이 숨어 있던 욕망이 꿈을 통해 상징적으로나마 그 모습을 드러낸다는 겁니다. 나도 몰랐었던 욕망의 실체를 알려주는 것만으로도 고마운데 그것을 상징적으로 드러낸다니, 이것은 정말이지 고마운 일이 아닐 수 없습니다.

우리는 글을 쓰며 우리의 마음을 상징 속에 감추고, 상징을 통해 낯설게 하려고 애를 씁니다. 그것이 자동으로 이루어지는 것이 꿈이라면 그대로 옮기기만 해도 하나의 작품이 될 수 있는 거겠죠.

우리가 서 있는 지금 이곳이
세상 어디에도 없는 곳이라는 걸

우리가 만나는 지금 이 순간이

세상 어디에도 없는 시간이라는 걸

나 알지만

보고싶었어 보고싶었어

이렇게라도 만나길 기다렸어

잠시 후면 별들이 쏟아지고

강물이 솟구치고

꿈에서 깨어날 거야

내일 밤에도 우리 여기서 만나

못다한 얘길 나눴으면 좋겠어

보고싶었어 보고싶었어

그 밤 뜻밖의 얼굴이 꿈속에 나왔습니다. 이제는 만날 수 없는, 그리고 다 잊었다고 생각한 사람이었습니다. 그런데 어느 밤 나는 어쩐 일인지 그 사람과 재회하는 꿈을 꾸고 말았습니다. 꿈속에서 너무나도 반갑게 그와 해후를 하고 몇 마디 이야기를 나누자마자 '혹시 이게 꿈은 아닐까?' 하는 생각이 들었습니다. 그러자 하늘의 별들이 땅으로 쏟아져 내리고 강물이 하늘로 솟구쳐 흐르면서 온 세상이 무너져 내리기 시작했습니다. 그 긴박한 상황에 나는 그에게 외쳤습니다. 내일도 여기서 만나자고.

아침에 일어나서 그 꿈에 대해 한참을 생각했습니다. 사실 나의 무의식은 여전히 그를 그리워하고 있었다는 것을 인정할 수밖에 없었습니다. 그러지 않고서야 꿈속의 내가 그토록 애틋하게 그를 반겼을 리 없을 테니까요. 무너져 내리는 세상은 무엇을 의미했을까요? 이제는 그와 만날 수 없다는 불가능성이 표현된 것이라고 생각합니다. 그와 만날 수 있는 시공간은 세상에 존재하지 않는다는 사실을 상징하는 장면이었던 셈이지요. 그러니까 노래의 전반부에서 우리가 만나는 지금이 비현실이라는 것을 알고 있다고 한 것은 꿈에서 깨어난 이후의 생각을 옮겨 적은 것이고, 그와 만나고 세상이 무너지는 장면을 담은 후반부는 꿈속에서 경험한 것을 그대로 옮긴 것일 뿐입니다. 꿈은 이처럼 구체적으로 기억해 그대로 옮기는 것만으로도 시나 노랫말이 될 수 있습니다.

물론 꿈을 글로 옮기는 일은 쉽지만은 않습니다. 잠에서 깨면 모래 위에 적어둔 글씨들이 파도에 쓸려 지워지듯이 너무나도 금세 꿈에 대한 기억이 사라지기 때문입니다. 한때 나는 이것들을 놓치기 아쉬워 머리맡에 항상 펜과 노트를 두고 잔 적도 있습니다. 꿈에서 깨면 바로 옮겨 적기 위해서였지요. 또 언젠가는 금방 잊힐 것 같은 꿈의 내용을 잠이 덜 깬 채로 휴대폰 녹음기를 켜고 이야기해둔 적도 있습니다. 나중에 다시 들어보면 도무지 무슨 말인지 못 알아듣는 경우가 많았지만 이런 식으로 얼어걸린 글들도 상당수 있습니다.

지난밤 꿈에서 난 어떤 여인과
가슴 시린 사랑과 이별을 했는데
분명히 울며 잠에서 깬 것 같은데
지금은 얼굴조차 떠오르지 않아

어쩌면 꿈이란 건 다른 차원에 잠시
다녀오는 것이 아닐까
꿈속의 그녀는 이미 사라져 버린 날
애타게 찾고 있을까

지난밤 꿈에서 난 어떤 여인과
가슴 시린 사랑과 이별을 했는데
그 모든 이야길 까맣게 잊은 채
아무렇지 않게 하루를 보내도 될까

— 3집 「헛것」, '꿈이었나'

어떤 현실은 너무 꿈같아서 믿어지지 않을 때가 있습니다. 또 어떤 꿈은 너무 현실 같아서 그것이 꿈이었다는 것을 쉽사리 인정하고 싶지 않을 때가 있습니다. 언젠가 어떤 사람을 만나 깊게, 그리고 오래 사랑을 하다 이별하는 꿈을 꾼 적이 있습니다. 누군지도 모르는 그는 어쩌면 이 세상에 존재하지도 않는 내 망상의 산물일지도 모릅니다만 그냥 그렇게 치부하기에는 꿈속에서 느낀 감정들이 너무 생생하고 절절했습니다. 그 얼굴과 이야기들을 붙잡아두지 않으면 어디에도 없었던 것이 되어버린다는 사실이 어쩐지 슬프게도 느껴졌습니다.

그때는 평행우주론에 관심이 많던 시기였습니다. 우리가 사는 우주가 아닌 또 다른 우주들이 무한히 존재하며, 그곳에서는 일어날 수도 있었던 모든 일이 실제로 일어나고 있다는 가설 말입니다. 어쩌면 꿈으로나마 그 평행우주에 잠시 다녀오는 것이 아닐까 하는 생각이 들었습니다. 그렇게 생각하니 위안이 되었습니다. 존재하지 않는 것과 닿을 수 없는 곳에라도 존재하는 것은 전혀 다른 이야기니까요.

이러한 방식으로 꿈 자체가 글이 되기도 하고, 꿈에 대한 나름의 해석과 단상들이 글이 되기도 합니다. 인간에게는 의식보다 훨씬 거대한 무의식이 존재한다고 하지요. 그 무의식들을 다 꺼낼 수 있다면 우리는 무엇을 쓸 것인가에 대한 고민 자체를 할 필요도 없을지 모릅니다. 다만 우리는 그럴 수 없기 때문에 그 무의식의 실마리인 꿈을 유심히 살펴야 하는 것입니다.

＆ 뭘 쓸까?
지난밤 꿈.

바로 지금 이 순간을 기록하고 싶은 욕망

사실 나는 조금 비관적인 인생관을 가지고 살아왔습니다. 행복은 언제나 점처럼 찾아오고 불행은 언제나 선처럼 찾아온다고 믿어왔습니다. 정말 그랬습니다. 행복한 순간이 찾아오고 나면 불행한 시절이 찾아오곤 했습니다. 도무지 행복은 시절로 찾아오지 않았고 불행은 순간으로 찾아오지 않았습니다. 그래서 행복한 한순간을 간직하는 일이 더 소중하다고 느낍니다. 지금 이 순간이 아니라면 언제 또 찾아올지 모를 행복이라는 감정을 살뜰하게 챙겨서 글 안에 담아내려고 애쓰곤 합니다.

행복한 순간을 포착해 글을 쓰기 위해서는 나 자신의 마음 상태를 늘 살펴야 합니다. 마음을 살펴보다가 행복한 순간이 찾아오면 무엇이 나를 행복하게 만들었는지, 그 마음이 어떤 생각으로 뻗어가는지, 지금 내 곁에는 누가 있는지 하나하나 놓치지 말고 기억에 차곡차곡 담아내야 합니다.

돌이켜보면 난 행복한 순간에도
온전히 즐기지 못한 것 같아
비행기구름처럼 이내 허공에 흩어질
순간에 미련이 남을까 봐

지금 생각해보면 바보 같은 일이지
순간은 기억으로 남을 텐데
선물 같은 지금을 편안한 마음으로
두 눈에 담으면 되는데

먼 훗날 되돌아봤을 때 가장 빛날
순간이 바로 오늘인지 몰라
지금 이 풍경, 바람, 햇살, 그리고 우리
수 없이 꺼내어 보게 되겠지

하늘에 흘러가는 구름 하나하나를
모두 다 기억할 순 없겠지만
지금 우리가 함께 보고 있는 비행기구름은
잊지 못할 것 같아

먼 훗날 되돌아 봤을 때 가장 빛날
순간이 바로 오늘인지 몰라

지금 이 풍경, 바람, 햇살, 그리고 우리

수 없이 꺼내어 보게 되겠지

잊지 않을게 잊지 않을게

잊지 않을게 오늘을

하루가 끝나는 것이 아쉬웠던 날이었습니다. 곧 지나버릴 순간이라는 걸 알면서도 그때의 풍경을 최대한 눈에 담아 오래 기억하고 싶었습니다. 그러나 대부분의 행복한 순간이 그렇듯 내가 기억하려 했던 풍경들도 곧 찾아올 보통의 나날들에 묻혀 잊히고 말 거라는 생각에 아쉬워졌습니다.

그때, 하늘을 가로지르는 비행기구름이 눈에 들어왔습니다. 다른 건 다 잊더라도 저 비행기구름만큼은 꼭 기억하고 싶었습니다. 그 구름 하나만 떠올려도 지금 나를 둘러싼 풍경, 바람, 햇살까지 다 기억해낼 수 있을 것 같았거든요. 그런 생각들을 짧게 메모하고 나니 그 비행기구름은 언제고 꺼내볼 수 있는 장면이 되었습니다. 실제로 그 구름을 떠올릴 때마다 행복했던 순간의 기억들이 차례로 펼쳐졌고, 그렇기에 그 순간은 한 곡의 노래로 남을 수 있었습니다.

근래 가장 행복했던 순간은 아들의 탄생에서 비롯되었습니다. 첫 만남의 감격부터 하루하루 자라며 보여주는 경이로운 모습들 덕분에 그 어느 시절보다 자주 행복의 점을 마주합니다. 심지어 아들의 탄생을 기다리는 순간에도 문득문득 행복하다는 생각이 들곤 했습니다. 출산을 눈앞에 둔 어느 밤, 나는 이 순간을 오래 기억하고 싶어졌습니다. 곧 만나게 될 아들의 모습을 떠올리며 이런 글을 적어보았습니다.

안녕, 우리의 우주에 온 걸 환영해
그 작은 발로 여기까지 오느라 수고 많았지
너를 간절히 기다리던 시간 동안
연습했지만 첫인사는 서툴기만 해

내가 알고 있던 세상의 그 모든 좋은 것들을
네게 전부 다 가르쳐 줄 거야

우리가 함께 걸어갈 길고 긴 길 위에는
어렵거나 힘겨운 일도 가끔은 있겠지만
난 너로 인해 뭐든 할 수 있을 것 같은데
넌 어떠니 나를 믿고 한 번 가보겠니

— 싱글 '환영해'

아버지는 아들의 첫 친구고 아들은 아버지의 마지막 친구라는 말을 들은 적이 있습니다. 서로의 첫 친구, 마지막 친구로서 함께 하고 싶은 것들이 참 많다는 생각이 들었습니다. 누군가는 자녀의 출생을 앞두고 부담스럽고 두려운 느낌까지 든다고 하던데, 오히려 나는 뭐든 할 수 있을 것 같다는 생각에 힘이 솟았습니다.

한창 육아를 하고 있는 요즘, 아이 하나를 키워내는 일이 생각보다 고단하다는 것을 느낍니다. 그럴 때마다 아들을 만날 기대에 부풀어 행복했던 순간을 담은 이 노랫말들이 힘이 되곤 합니다. 긴 생애를 살다 보면 언젠가 힘겨운 시절을 관통하기도 하겠지만 그때도 이 기록과 기억을 통해 힘을 낼 수 있지 않을까 생각합니다. 우리는 그 행복한 한순간의 기억만으로도 불행한 시절을 꽤 오래 견뎌낼 수 있습니다. 그렇기에 우리는 이따금 찾아오는 행복한 순간을 필사적으로 기록하고, 기억해야 합니다.

기억에 남기고 싶은 바로 그 순간.

3부

마음이 말을 고를 때

당신이 가장 하기 힘든 말

이번에는 우리 마음에 남아 있는 수많은 기억 가운데 가장 깊은 곳에 아주 두터운 벽에 둘러싸여 조심스레 보관되어 있는 기억에 대해 이야기하려 합니다. 그런 기억은 대개 아주 괴로운 기억일 때가 많죠. 저마다의 마음을 아주 사납게 할퀴어 스치기만 해도 쓰라린 상처를 만들고 마는 기억. 가급적 떠올리지 않으려 노력하지만 사실은 차마 하루도 떨쳐내지 못한 당신이 가장 하기 힘든 이야기.

이렇게 말하면 너무 차갑게 들릴지도 모르겠지만 그런 이야기일수록 훌륭한 글감이 됩니다. 오래 살았건 짧게 살았건 이런 기억은 우리가 경험한 가장 극적인 사건일 때가 많으니까요. 물론 이야기하기 어렵다는 건 그 기억이 비극일 가능성이 높다는 사실을 의미합니다.

스물일곱 살 무렵까지 내 마음 깊은 곳에 자리하고 있었지만 차마 꺼내지 못하던 얘기는 어머니에 관한 이야기였습니다. 이 세상에 태어나서 만난 나의 첫 우주였고 꿈이었던 사람. 세상에 존재하는 어떤 사랑보다 커다란 사랑을 내게 주었으나 아무 보답도 얻지 못한, 너무 일찍 떠난 나의 어머니. 어머니에 대해 말하는 것은 언제나 내게 가장 힘든 일이었습니다.

어머니는 정이 많았지만 자식 공부에 있어서는 아주 엄격하신 편이었습니다. 중학교 시절까지 나는 어머니가 두려워서, 정확히 말하면 어머니를 실망시키지 않으려고 남들보다 많은 시간을 책상에 앉아 보냈습니다.

고등학교에 입학하던 봄, 어머니께서 큰 병을 얻으셨다는 사실을 알게 된 그해 나의 뒤늦은 사춘기가 시작되었습니다. 지긋지긋한 공부에서 벗어나 나다운 삶을 살고 싶다는 생각을 했습니다. 어머니는 자주 집을 떠나 계셨고, 나는 그 틈을 타 뜬금없이 밴드 활동을 시작했습니다.

어머니는 돌아가시기 직전까지 밴드 활동에 공부할 시간을 빼앗기는 나를 걱정하셨습니다. 돌아가시기 바로 몇 달 전 대학에 합격하는 모습을 보시기는 하셨지만, 설마 내가 진로를 음악으로 정할 것이라고는 전혀 생각하지 못하셨을 겁니다. 만약 어머니께서 병에 걸리지 않으셔서 아직까지 살아 계시다면 나는 음악가가 되지 않았을지도 모릅니다. 그래서 아주 오랫동안, 음악을 한다는 것 자체가 돌아가신 어머니께 죄를 짓는 일처럼 느껴지기도 했습니다.

그런데 어느 날 무슨 용기가 났는지 이 이야기를 노랫말로 적어보게 되었습니다. 술을 잔뜩 마신 늦은 밤이었고, 처음에는 아버지를 향한 이야기로 시작했습니다. 1절에 아버지 이야기를 써 놓고 보니 2절은 어머니를 향해서 써 볼 용기가 났던 것 같습니다.

어느 날 타임머신이 발명된다면
1999년으로 날아가
아직 건강하던 30대의 우리 엄마를 만나
이 말만은 전할 거야
엄마 우리 걱정만 하고 살지 말고
엄마도 몸 좀 챙기면서 살아요
병원도 좀 자주 가고 맛있는 것도 사 먹고
이 말만은 전할 거야
2004년도에 엄마를 떠나보낸 우리들은
엄마가 너무 그리워요
엄마가 좋아하던 오뎅이나 쫄면을 먹을 때마다

내 가슴은 무너져요

제발 저를 너무 믿고 살지 말아요

학교 때 공부는 좀 잘하겠지만

전 결국 아무짝에 쓸모없는 딴따라가 될 거에요

못난 아들 용서하세요

— 1집 「서툰말」, '타임머신'

　길지 않은 이야기이지만 처음 적어보는 말들. 어머니가 떠나신 후 한 번도 돌아가신 어머니를 향해 직접적으로 '그리워요'라는 말을 내뱉어본 적이 없습니다. 딴따라로 사는 내 삶에 대해 용서를 구해볼 생각도 해 본 적이 없었습니다. 너무 아플 것 같아서 그렇게 할 수가 없었지요. 그런데 그 밤에는 그게 가능했습니다. 글을 써놓고 멜로디와 함께 노래를 처음 입에 담아볼 때 자꾸만 눈물이 나서 힘겨웠던 기억이 생생합니다. 그래도 눈물이 나면 나는 대로 목이 막히면 막히는 대로 노래를 부르며 끝까지 완성했습니다.

　이 노래를 사람들 앞에서 처음으로 부르던 스물일곱 내 생일, 친구들이 잔뜩 모인 어느 밤이었습니다. 그날도 노래를 부르며 많이 울었습니다. 노래를 듣던 친구들 중에서도 우는 이들이 있었습니다. 그게 참 위안이 많이 됐습니다. 꺼내기 힘든 이야기를 노래로 만들었는데 누군가가 함께 울어 준다는 게 말이지요.

그러다 다른 곳에서 노래할 기회가 생겨서 또 이 노래를 불렀습니다. 이번에도 감정이 북받쳐 올랐지만 어찌어찌 참아가며 노래를 끝까지 불렀습니다. 이날도 나의 노래를 듣고 눈물 흘리시는 분들을 발견했습니다. 그때 이런 생각을 했습니다. 사람들은 대부분 어느 정도의 공감 능력을 갖고 있기 때문에 어떤 이야기가 누군가의 마음 깊은 곳에서 끄집어낸 이야기인지, 얄팍한 마음에서 나온 이야기인지 본능적으로 알아차릴 수 있나 보다.

'타임머신'이라는 곡은 세상에 나온 지 십 년이 넘게 흐른 지금까지도 사람들이 가장 사랑하는 나의 노래로 자리 잡고 있습니다. 재미있는 노래나 잘 만든 노래들을 좋아해주시는 분들도 있지만, 사람들은 대부분 내 마음 가장 깊은 곳에서 어렵게 꺼낸 진솔한 이야기를 좋아합니다.

나는 어느새 더 이상 울지 않고 '타임머신'을 부르는 나 자신을 발견합니다. 수백 번, 수천 번 부르다 보니 이제는 노래 속 이야기를 담담하게 마주할 수 있게 된 겁니다. 이러한 과정을 정신의학적으로는 승화라고 부른다고 합니다.

어느 날 이 글을 읽고 있는 당신에게 마음 가장 깊은 곳에 있는 아픈 이야기를 끄집어낼 수 있는 용기가 생긴다면 주저 말고 그 이야기를 써 보라고 권하고 싶습니다. 그것은 아마 자주 밖으로 꺼내보지 않았기에 조금 낯설지도 모르나 뜻밖의 방향으로 이야기가 전개되어 내가 오래도록 해결하지 못한 문제를 풀어줄지도 모릅니다.

쑥스러운 편지

나는 예술이 언어의 불완전성 때문에 생겨났다고 생각합니다. 누군가에게 건네는 말 속에 나의 모든 감정이 아무런 더함이나 부족함, 또는 왜곡 없이 전해질 수 있다면 좋겠지만 언어는 그렇게 섬세하지 못합니다. 연인에 대한 사랑, 부모 자식 간의 사랑, 고양이에 대한 사랑, 조국에 대한 사랑, 취미에 대한 사랑. 모두 사랑이라는 말로 쓰이지만 사실 조금씩 다릅니다. 그런데 어휘는 한정되어 있어서 그냥 사랑이라는 말로 뭉뚱그려지곤 합니다.

사랑하는 마음을 자세하고 정확하게 고백하기란 매우 어렵습니다. 언어가 불완전하기에 누군가는 그림을 그리고 누군가는 노래를 부릅니다. 다른 형식의 표현 방식을 빌려 마음을 전달하는 것이지요. 수많은 예술 장르가 이런 식으로 탄생했을지 모릅니다. 또 어떤 사람들은 보다 다채로운 언어를 개발하여 언어의 한계를 극복하고자 노력합니다. 그

언어가 바로 문학적 언어고, 그렇게 탄생한 예술이 문학이
겠지요.

  누구에게나 소중한 사람은 있을 겁니다. 그 사람의 소중
함을 단지 소중함이라는 단어로만 표현하기에는 부족함이
많습니다. 진짜 내 마음과 글 사이에는 얼마만큼의 간격이
라는 게 존재할 수밖에 없습니다. 그 간격을 좁혀 나간다는
마음으로 정교하고 다채로운 언어를 사용해서 편지를 한 번
써 볼 것을 권하고 싶습니다. 우리의 마음과 가장 가까운 표
현을 찾았을 때 비로소 우리는 문학적 언어로 이야기하는
방법을 터득할 수 있을 테니까요.

  생각해 보니 그대가 없었음 어쩔 뻔했나
  뜻밖에 찾아온 시련 어떻게 견딜 뻔했나
  그대마저도 내 곁에 없었음 어쩔 뻔했나 아찔하네
  그대가 있기에 견뎌낸 지난 시간들

  생각해 보니 그댄 나 없었음 어쩔 뻔했나
  팍팍한 하루하루를 어떻게 견딜 뻔했나
  우리가 서로의 곁에 없었음 어쩔 뻔했나 아찔하네
  서로가 있기에 견뎌낸 지난 시간들

그대만 있으면 나는 천하무적이야

누구도 날 불행하게 만들진 못해

오 그대여 평생이란 시간은 너무

까마득하다 느낄 수도 있겠지만

오 그대여 그대만 허락해준다면

나는 그댈 위해 평생도 아깝지 않아

— 싱글 '평생'

　사랑하는 사람과 평생 함께하기로 약속했습니다. 일생일대의 사건이었지요. 때늦은 프러포즈였지만 가장 진솔하게 그 약속에 임하는 마음을 전해보고 싶었습니다. 세상에 수많은 글과 노래가 존재하지만 내 마음과 비슷한 것은 있어도 딱 맞아떨어지지는 않더군요. 그래서 직접 프러포즈 송을 만들었습니다. 단지 '당신과 결혼하게 되어 참 기쁩니다'라는 표현만으로는 담아내지 못하는 감정이 너무나도 많다고 생각했습니다.

　우리의 연애 기간은 코로나19로 개개인이 단절되는 시기였습니다. 공연과 강연으로 생계의 많은 부분을 책임지던 나로서는 경제적으로도, 심적으로도 최악이었을 수 있는 시기였습니다. 그런데 한 사람을 만남으로써 이 시기가 마냥 최악의 시기는 아니었던 것으로, 그럭저럭 견딜만한 시기였던 것으로 기억될 수 있었습니다. 그래서 나는 당신이라는 사람을 만나 느끼는 안도감과 고마움을 꼭 노래에 담고 싶었습니다.

마요르카 캔코타 호텔
하나도 안 따뜻한 스파랑
지하에 있던 쬐끄만 한 무인 와인바
왜인지 모르지만 진짜 좋았어 그치
그날보다 아름다운 시가 있을까
궁리하다가 그날을 한번 베껴봤어

내일은 당신을 위해
김치찜을 만들 거야
오뎅도 좀 볶아볼까
청양고추 넣고 약간 매콤하게

그거 모르지
당신을 만나면서 나는
열일곱 살 때보다도
꿈이 많아졌어

마요르카에 다시 가는 거

김치찜 더 맛있게 만드는 거

하기 싫어하는 모든 일들로부터

당신을 해방시키는 거

또 무슨 말을 적으면

당신이 행복해할까

그걸 고민하는 것만으로도 나는

좀 더 나은 시인이 될 수 있을 것 같아

좀 더 나은 인간도 될 수 있을 것 같아

— 시집 『가라 인생』, '이 한 편은 당신을 위해'

　　팔불출처럼 보일지도 모르지만 결혼하고 묶은 첫 시집에도 한 편쯤은 아내를 위한 편지를 담아보고 싶었습니다. 행과 연을 나누어 놓아서 애초부터 시를 지을 작정이었던 것처럼 보이지만 사실 이 작품은 그저 아내를 향한 마음을 적고 그다음에 행과 연을 나눈 것입니다. 함께 떠난 여행에서의 아름다운 추억부터 아내를 위해 밥상을 차리는 별것 아닌 일상까지. 그 모든 순간이 행복으로 가득하다는 이야기를 전하고 싶었습니다. 꿈이 많아졌다는 말도, 하기 싫은 일

로부터 당신을 해방시키고 싶다는 말도, 그리고 당신을 행
복하게 만드는 말을 고민한다는 것도 결국은 사랑한다는 말
입니다.

　사랑하는 사람을 한번 떠올려보세요. 그리고 그 사람을
향해 내가 구체적으로 어떤 마음을 품고 있는지 한번 생각
해보세요. 그냥 사랑한다는 마음 말고, 좀 더 디테일하게 그
마음을 살펴볼 필요가 있습니다. 미안함, 고마움, 애틋함, 설
렘…. 사랑이라는 단어 안에는 다양한 감정들이 뒤섞여 있
을 수 있으니까요. 물론 마음이라는 추상적인 대상을 언어
라는 구체적 수단으로 표현한다는 건 어렵지요. 그래서 고
민이 필요한 것입니다. 내가 시에 적은 것처럼, 어떻게 하면
추상적인 마음을 구체적인 말로 바꿀 수 있을까 고민하는
것만으로도 당신은 좀 더 나은 작가가 될 수 있습니다.

당신을 사랑하는 구체적인 이유.

사랑에 빠졌던 바로 그 순간

사랑에 빠진다는 말은 듣기만 해도 달콤합니다. 짝사랑이든 서로를 향하는 연애든 사랑이 시작되면 그 이전의 삶과 현재의 삶이 구분되기 시작합니다. 우주 먼지 같았던 내가 누군가의 주위를 도는 행성이 되고, 나머지 온 우주는 무의미해지는 경험을 하게 되지요. 아름다움이라는 말에 대해 더 이상 고민할 필요가 없게 되며 행복이라는 말도 매우 단순한 것이 됩니다.

그때만큼은 모두 천하무적의 시인이 되고 악사가 됩니다. 굳이 미사여구를 덧붙이지 않아도 내가 아는 가장 예쁜 말들로 종이를 가득 채울 수 있습니다. 사랑의 설렘은 대부분 유한합니다. 이내 다른 감정으로 변모하는 경우가 많지요. 아픔이나 그리움, 때로는 미움이 되기도 합니다. 사랑이 좋은 결실을 맺는다 해도 이전의 터질 것 같은 마음보다는 편안하고 따스한 방향으로 흐르기 쉽습니다. 그래서 사랑의

열병을 앓는 그 순간은 몹시 귀합니다. 그 찬란한 순간 가운
데 당신이 있다거나, 아직 그 기억이 선명하다면 당장 글을
써야 합니다. 모든 사랑은 쓸 수 있을 때 써야 합니다.

뭔 바다가 이렇게까지 파란가 싶었고
뭔 사람이 이렇게까지 예쁜가 싶었어
뭔 하늘이 이렇게까지 파란가 싶었고
뭔 사람이 이렇게까지 예쁜가 싶었어

세상에 멋진 말들이야 많지만
난 그런 말을 지어내는 사람이지만
아 됐고 모르겠고 네가 미치게 좋다고
바다와 하늘이 파란 것처럼
이유가 있기야 있겠지마는
아 됐고 모르겠고 네가 미치게 좋다고

바다보다 하늘보다 예쁜 그댈
향한 내 마음을 어떤 말로 표현하나
수평선을 보며 한참 고민하다
됐고 모르겠고 네가 미치게 좋다고

— 3집 「헛것」, '수평선 로맨스'

누군가를 마음에 품고 있던 어느 봄날, 일이 있어 잠시 제주도에 들르게 되었습니다. 목적지에 가기 전 조금 일찍 출발해 잠시 바다 앞에 차를 세웠습니다. 바다도 하늘도 비현실적으로 파랬지만 그 앞에서도 나는 온통 마음에 두었던 그 사람 생각뿐이었습니다. 그래도 명색이 시를 쓰고 노래를 짓는 사람인데, 뭐라도 적어야 할 것 같아서 노트와 펜을 꺼냈지만 자꾸 떠오르는 그 사람 생각 외에 다른 말은 차마 적을 수가 없었습니다. 그래도 뭐라도 적어야겠기에 모든 말이 무의미해지던 그 순간의 경이로움을 종이 위에 옮겨 만든 노래입니다.

누군가는 이미 사랑하는 사람을 만나 많은 시간을 함께 보내고 있기에, 사랑을 시작할 때의 설렘을 적는 것이 불가능하다고 말할지도 모르겠습니다. 그렇지만 이미 사랑하고 있었던 사람에게 다시금 사랑에 빠지게 되는 순간도 있습니다. 미처 보지 못했던 모습을 새롭게 발견한다거나, 사랑에 빠지게 만들었던 예전의 그 모습을 재발견하고서 다시 설레기도 합니다. 이미 내 곁에 있는 사람에 대한 사랑을 재확인하는 순간, 나는 그야말로 그 사람을 위해서 무엇이든 해줄 수 있는 마음이 되곤 합니다.

내 모든 월요일을 가져요
내 모든 화요일을 가져요
수요일과 목요일
금요일과 토요일
일요일까지 다 가져요

눈 오는 모든 날을 가져요
비 오는 모든 날을 가져요
화창하고 맑은 날
흐리거나 추운 날
그 모든 날을 다 가져요

그대의 미소 앞에선 음악이고 나발이고
다 아무 의미 없어요
그대가 그러라 하면 기타도 팔 수 있어요
다 그댈 위한 거니까요

그저 날 기특해 해줘요
그저 날 기특해 해줘요
다른 건 아무것도
바라지 않을 테니
그저 가끔 안아줘요

그대의 눈물 앞에선 문학이고 나발이고
다 아무 의미 없어요
세상의 모든 말들에 불을 붙이고 싶어요
그대의 이름만 남기고

사랑하는 이에게 건넬 수 있는 가장 귀한 것은 어쩌면 시간인지도 모르겠습니다. 모든 기회는 시간으로부터 창출되는 것이기에 시간을 건넨다는 것은 내 인생에서 발생할 수 있는 모든 기회를 건넨다는 말과 다르지 않습니다. 결국 그것은 내 인생 전부를 건넨다는 말이겠지요. 진정 사랑하는 사람을 위해서라면 어떤 시간도 아깝지 않습니다. 월요일부터 일요일까지, 눈이나 비가 오는 날부터 화창하고 맑은 날까지 모든 시간을 함께하고 싶은 마음이 들기도 합니다.

그다음으로 내게 값진 것이 무엇인가 생각해 보았습니다. 가진 게 많지 않은 내게 가장 값진 것은 바로 나의 생활이자 꿈인 음악과 문학이었습니다. 그것마저 포기할 수 있다는 생각이 들 만큼 사랑이란 감정은 강력한 힘을 가졌다고 생각했습니다. 물론 그 꿈을 포기하지 않도록 붙들어주는 위대한 사랑도 있겠지만 말이죠.

세상에 존재하는 수많은 글과 노래의 주제 중에 사랑보다 흔한 것이 있을까요? 그토록 많이 쓰이고 불리는 이유는 어쩌면 사랑이야말로 글과 노래를 탄생시킨 본래의 감정이기 때문일지도 모릅니다.

글을 쓰고 싶다면 사랑에 빠지는 것만큼 좋은 시작도 없을 겁니다. 사랑은 곧 말이 되기 때문입니다. 사랑을 표현하기 위해 준비된 아름다운 말들이 세상에는 참 많습니다. 하지만 그 모든 말보다 아름다운 건 바로 누군가를 사랑하는 그대로의 진심이겠지요. 그 진심을 그대로 글로 적어보는 건 어떨까요? 진솔할수록, 솔직할수록 찬란한 작품이 될 겁니다.

✎ 뭘 쓸까?
사랑에 빠진 순간의 진심.

사랑스런 나의 털복숭이 친구들

가족 이야기를 꺼낸다면 누군가는 아버지나 어머니, 형제, 자매와 함께 우리와는 조금 다르게 생긴 귀여운 친구들을 떠올렸을지도 모릅니다. 가족이라는 울타리 안에서 빼먹으면 섭섭한 이름, 우리의 사랑스러운 반려동물 말이지요.

어느 통계에 의하면 대한민국 내에 동물과 함께 사는 인구가 1,500만 명에 육박한다고 합니다. 현재 함께하고 있지 않더라도 '어느 시절 반려동물과 함께 지내본 경험이 있는가'로 질문을 바꾼다면 그렇다고 대답할 사람의 수는 훨씬 더 많아질 겁니다. 개, 고양이, 햄스터, 토끼, 도마뱀, 거북이 친구들에게 우리는 세상 전부이고 우주 그 자체일지도 모릅니다. 우리에게도 그들은 그 어떤 사람만큼이나 소중한 존재입니다. 사랑이라는 감정은 글을 쓰게 만드는 강력한 원동력이 되곤 합니다. 우리와 그들이 나누고 있는 사랑으로도 쓸 수 있는 글이 분명 있을 것이라 확신합니다.

대학 시절 강의 시간에 교수님께서는 '개는 그리움이 너무 많은 동물'이라고 하셨습니다. 정말이지 개들은 우리를 그리워하는 데 그 짧은 생애를 다 써 버리고 마는 것 같습니다. 함께 하고 있는 순간마저 우리의 눈길과 손길을 그리워하는 그들에게서 순수하고 무조건적인 사랑을 배웁니다.

고양이라는 생명체는 다분히 시적입니다. 그 눈동자의 신비로움과 우아한 움직임은 오랜 세월 수많은 시인들로 하여금 시를 쓰게 만들었습니다. 모든 예술은 결국 감정의 표출입니다. 털과 꼬리를 비롯한 온몸으로, 그리고 다양한 표정과 소리로 그들은 자신의 감정을 솔직하면서도 정확하게 표현할 줄 압니다. 그들에게서는 예술을 배우곤 합니다.

거북이쯤 되면 모르겠지만 대부분의 반려동물은 우리보다 훨씬 짧은 생애를 살다 갑니다. 개나 고양이는 우리가 평생에 걸쳐 경험하곤 하는 탄생의 경이, 성장의 기쁨, 늙고 병드는 것의 애처로움, 죽음의 막막함을 스무 해가 채 되지 않는 시간 동안 경험할 수 있게 해줍니다. 그들과 함께하는 결코 길지 않은 시간을 통해 우리는 삶에 대한 철학적 사유를 해보기도 합니다. 이쯤 되면 이들은 우리에게 끝없는 보호만을 요구하는 약하디 약한 생명체가 아니라 쉽사리 배울 수 없는 것들을 가르쳐주는 인생의 선생님일지도 모릅니다.

아이보는 못하고 삼돌이는 할 수 있는 거는 얼마 없어
늙는 거, 죽는 거
며칠 전에는 잘 가리던 똥을 아무 데나 싸 놨지 뭐야
아이고 이노무 개새끼 노망이 났나
그걸 치우며 우리 할머니는 조용히 한마디 할 뿐
웬일인지 화를 내지 않았어

우리는 아이보보다 삼돌이를 사랑해
그것은 단지 15년 세월 때문만은 아니고
어쨌거나 아이보는 로봇이잖아 진짜 개가 아니잖아

왜 꼭 진짜 개여야 하는데? 진짜보다 나은 복제품이라면 현
실보다 나은 가상이라면 본질보다 나은 현상이라면 이데아
보다 나은 그림자라면 그냥 거기 머물면 안 되는 거야?

아니 나는 삼돌이의 늙음을 사랑해 삼돌이의 죽음을 사랑해
나는 현실의 본질의 이데아의 개 같음을 사랑해

앞서 19년 동안 우리 가족과 함께 했던 강아지 삼돌이에
대해 이야기한 적이 있습니다. 오랜 세월을 함께하며 우리

는 삼돌이의 손바닥만 했던 귀염뽀짝 강아지 시절부터 혈기 넘치던 청년기, 그리고 시각과 청각을 잃고 치매로 기억까지 잃었던 마지막 모습까지 그야말로 생로병사의 모든 과정을 지켜볼 수밖에 없었습니다.

삼돌이가 열다섯 살쯤, 털을 짧게 민 적이 있었는데 등에 얼룩덜룩한 반점이 보였습니다. 할머니는 그게 저승꽃이라고 했고, 다른 말로는 검버섯이라고 부르기도 한다고 알려주셨습니다. 우리에게는 평생 아기 같기만 한 작은 강아지의 몸이 이제 다른 세상으로 떠날 채비를 하고 있다니, 복잡한 기분이 들었습니다.

마침 그날 뉴스에는 일본의 전자회사 소니에서 개발한 로봇 개 아이보에 대한 이야기가 등장했습니다. 아이보는 기능적으로는 살아 있는 강아지인 삼돌이보다 부족할 것이 없어 보였습니다. 오히려 아이보의 인공지능은 삼돌이처럼 실수를 하지도 않고, 아이보의 육체는 삼돌이처럼 늙지도 죽지도 않지요. 그러나 아이보는 진짜가 아닙니다. 우리에게 다시 선택할 수 있는 기회가 주어진대도 결코 삼돌이 대신 아이보를 선택하는 일 같은 건 없을 겁니다. 우리는 진짜를 사랑하니까요. 진짜와 가짜를 구분하는 것이 늙고 그러다 죽는다는 특성이라면 어쩌면 그 지점을 사랑하는 것인지도 모르겠다는 생각이 들었습니다.

　삼돌이의 늙음마저, 죽음마저 사랑할 수 있다는 건 그가 단순한 애완동물을 넘어 진정한 가족이기 때문입니다. 첨단 문명이 발달해도 가족은 결코 대체될 수 없는 존재지요. 이 시는 그의 늙음에서 비롯된 철학적 사유와, 그 누구로도 대신할 수 없는 존재에 대한 깊은 마음을 고백한 작품입니다. 반려동물과 우리는 사람 대 사람의 감정과 마찬가지의 감정을 교류하고 있습니다. 그러나 서로 생김새도, 시간의 흐름도 다르기에 그들과의 관계는 우리로 하여금 일상의 감정과는 다른 결의 감정과 사유를 경험하게 만듭니다. 어떤가요? 벌써 글감의 냄새가 진하게 풍기지 않나요?

　반려동물과 함께 살면서 많이 했던 생각 중에는 한순간만이라도 그를 온전히 이해해보고 싶다는 것이었습니다. 그가 어떤 마음으로 하루를 사는지, 나를 어떻게 생각하는지 궁금했습니다. 나름 소통한다고 하지만 우리와 그들은 정교한 언어로 대화를 나눌 수는 없으니 말이지요. 잠시나마 사람이 아니라 강아지가 되고 고양이가 될 수 있다면 그를 이해할 수 있을 텐데 하는 상상도 해봅니다. 현실에서는 불가능한 일이 글 속에서라면 가능해집니다.

하루 종일 기다렸다는 말을 하려다

그대가 벗어둔 외투 위에 누워버린다

나의 영토는 이 집 안이지만

그대가 묻혀온 바깥 냄새를 맡으며

한낮의 강남 한복판을 거닐기도 하고

흥청이는 홍대 앞 밤거리에서 비틀대기도 하고

공연히 한강변을 힘껏 내달리기도 하고

그러다 무언가 소리칠 수도 있다는 걸 모르겠지

그렇게 하루의 행적을 뒤쫓다 보면

참치캔 하나를 따서 맥주를 마시는

헛헛한 표정을 다 이해할 수 있을 것 같아

아무도 모른다고 생각하겠지만 나는 다 알 것 같아

오늘의 그대를 다 읽어낸 뒤

가만히 그대 무릎 옆에 몸을 웅크린다

그대가 손으로 나의 기다림을 쓰다듬는 동안

나는 온몸으로 그대의 길었던 하루를 위로한다

내일도 나는 우리의 영토와 그대를 힘껏 지켜낼 테니

그대 아무 걱정 없이 하루를 닫을 수 있기를

— 시집 『가라 인생』, '고양이의 마음' 전문

이 글은 고양이 '삼봉이'와 둘이 살 때 쓴 시입니다. 하루

종일 외출을 하고 돌아오면 삼봉이는 기다렸다는 듯 방에서 나와 내가 벗어둔 외투를 파고들었습니다. 내가 샤워를 하는 동안 집요하게 외투 냄새를 맡았고, 소파에 앉아 쓰다듬어주면 그릉그릉 소리를 내며 온몸을 내게 부비곤 했습니다.

어느 날 문득 그런 그의 마음이 궁금해져서 그의 입장이 되어보기로 마음먹었습니다. 사람보다 압도적으로 발달한 후각으로 그는 내가 머물던 공간, 먹었던 음식, 어쩌면 만났던 사람까지 찾아낼 수 있을지도 모릅니다. 그런 것들을 추적하다 보면 내가 살았던 하루를 똑같이 살아내는 기분이 들지도 모릅니다. 내게 구체적으로 무슨 일이 있었는지, 내가 하는 고민의 정확한 내용이 무엇인지 알 수는 없지만 어쨌거나 헛헛해 보이는 나에게 몸을 부비는 행위는 그것이 무엇이 되었건 온몸으로 힘껏 위로하고 싶은 마음인지도 모릅니다. 그런 상상에서 이 시가 탄생했습니다.

혹시 곁에 나의 하루를 위로하는 작은 존재가 있나요? 그렇다면 한 번쯤 그가 되어보는 건 어떨까요? 그를 이해하는 데도 새로운 글을 쓰는 데도 분명 도움이 될 테니 말이지요.

> ✎ **뭘 쓸까?**
> 내 곁의 반려동물(반려식물).

축하해!

노래 부르고 시 쓰는 일을 업으로 삼다 보니 축가나 축시 부탁을 받을 때가 더러 있습니다. 누군가의 일생일대의 소중한 순간을 나의 언어로 장식할 기회가 있다는 것은 무척 감사한 일이지요.

다만 축가의 경우 매번 선곡에 고민이 있었습니다. 축가로 부르는 대부분의 노래는 우리가 신랑의 입장이 되어, 또는 신부로 빙의하여 불러야 하는 사랑 노래들입니다. 몇 번을 그런 노래들로 축가를 불러보았지만 그게 조금 이상하게 느껴지기도 하고, 민망한 마음이 들어 몰입이 잘 되지 않았습니다. 겨우겨우 노래를 마치고 난 뒤에도 '이게 맞나?' 하는 생각이 들 때가 많았습니다.

어릴 적부터 친했던 친구 영신이가 결혼식 축가를 부탁해 왔을 때도 걱정이 되기 시작했습니다. 축가로 유명한 곡들

을 부르기에는 결혼 당사자의 친구로서 해주고 싶은 말들이
너무 많았거든요. 친구에게 들려주고 싶은 새로운 이야기를
만들어보고 싶다는 욕심이 생겨나 진솔한 마음으로 가사를
써 내려갔습니다.

세상 참 오래 살고 볼 일이지
네가 용케도 장가를 가는구나
항상 어딘가 맹한 구석이 있던 네가
어떻게 이렇게 예쁜 짝을 만났구나
풋사랑에 울던 어릴 적 모습이 눈에 선한데
이제는 웃으며 떠올릴 추억이 되었구나
여태까지 본 수많은 너의 여자친구 중에
지금 네 옆의 그녀가 제일로 예쁘구나
행복하렴 이제 한 여자의 남편이 됐으니
철도 좀 들고 사람답게 살아보자
축하해 친구야
(중략)
축하해요 조금은 부족한 내 친구지만
장담해요 당신 오늘 땡 잡은 거예요
행복할 거예요

— 싱글 '축가'

절친한 친구가 결혼을 한다고 하니 가장 먼저 든 생각은 기특함이었습니다. 가까운 친구만이 알 수 있는 조금은 바보스러운 모습들이 떠오르면서 신통방통하다는 생각이 들었습니다. 그다음으로는 친구와의 옛 추억이 떠올랐습니다. 나보다 먼저 어른이 되어가는 친구의 모습 뒤로 서툴렀던 과거들이 떠올랐습니다. 흐뭇한 마음과는 별개로 이 축가를 호락호락하게 마무리하고 싶지 않다는 생각에 조금은 장난스러운 농담을 노래 가사에 곁들이기도 했습니다. 그리고 마지막에는 이러니저러니 해도 결국 축하하는 마음만큼은 진심인 친구의 입장이 되었습니다.

이런 마음은 단지 영신이라는 친구와 나만의 이야기는 아니었습니다. 다른 친구의 결혼을 축하할 때도 크게 다르지 않은 마음이 들었고, 친구 자격으로 참석한 다른 하객들 역시 나와 비슷한 마음이라는 피드백을 들을 수 있었습니다. 한 친구를 향한 진솔한 마음에서 출발한 이 곡을 나는 어느새 수십 쌍의 결혼식에서 축가로 부르고 있습니다.

이렇게 한 곡을 만들어 여러 사람의 축하 자리에 사용하는 축가와 달리, 축시의 경우 매번 부탁을 받을 때마다 새로운 작품을 쓰게 됩니다. 당사자들만의 이야기를 작품 안에 녹여내 보다 감동 어린 순간을 선사하고 싶기 때문입니다.

　한국과 중국 출신의 국제 커플인 인세와 리나의 결혼식에
도 두 사람만을 위한 축시를 써 갔습니다.

다른 언어로 길러진 우리는

그 마음 하나를 말하고 싶어서

서로의 언어를 배우다 끝내

노래로 말하는 방법을 터득했다

언어라는 것은 애초에 불완전한 것

그 틈을 메우는 너의 멜로디

그래 내가 너를 생각하는 마음은

그런 선율이었고, 그런 화음이었지

그렇게 태어난 노래는

거대한 무대 위를 채우는 교향곡도 아니고

제단 위를 흐르는 거룩한 성가도 아니고

오늘 우리의 걸음 뒤편을 수놓는 행진곡도 아니다

너를 위해 밥을 지으며

읊조리는 낯익은 멜로디

쇼파 위에 흐트러진 쿠션을 정리하며

흥얼대는 익숙한 콧노래

자다가 차버린 이불을 다시 덮어주며

가만히 들어보는 숨소리

오히려 그런 것들을 닮은 사소한

노래들이 우리의 매일을 수 놓겠지

인세와 리나 두 사람은 서로 다른 환경에서 서로 다른 언어를 모국어로 사용하며 자랐습니다. 사람의 감정을 100퍼센트 온전하게 전달하는 것이 애초에 불가능한 언어의 불완전성에 더해 모국어가 다른 두 사람의 소통에서는 서로의 언어가 속마음을 야속하게 빗나가는 일이 좀 더 자주 생길지도 모릅니다.

그럼에도 큰 걱정 없이 이 둘의 결혼을 바라볼 수 있는 건 두 사람을 연결하고 있는 음악이라는 존재 때문이었습니다. 유독 음악을 사랑하는 두 사람은 함께 노래를 만들어 부르고 앨범을 내기도 하면서 관계를 가꾸어 나갔습니다. 어쩌면 두 사람에게 음악을 통한 교감이 있기에 서로 다른 성장 배경과 서로 다른 모국어를 가지고 있음에도 오히려 그렇지 않은 어떤 커플들보다 섬세하게 서로의 감정을 전달할 수 있지 않았을까 하는 생각으로 시를 적었습니다.

매번 이런 식으로 두 사람만을 위한 시를 적고, 어떤 작품들은 두 사람뿐만 아니라 내가 보기에도 흡족해서 시집에 싣기도 합니다. 모두가 결혼식에 축시 순서를 넣는 것은 아니고, 그렇다 한들 모두에게 축시 부탁을 하지도 않습니다. 그럼에도 누군가의 이야기가 담긴 축시를 써서 선물한다면 그 어떤 결혼 선물에 비해도 부족하지 않은 값진 선물이 될 수 있으리라 확신합니다.

결혼뿐만 아니라 생일, 승진, 출산, 합격 등 축하할 만한 일들은 우리 삶 속에 생각보다 빈번하게 있습니다. 진심으로 누군가를 축하하고 싶을 때 그것이 노랫말이 되었건, 시가 되었건, 아니면 편지 형식의 수필이 되었건 선물해볼 것을 권합니다. 선물하는 행위 자체로도 의미가 있지만, 선물하는 동시에 스스로 간직하기도 한다면 그 역시 내가 내 손으로 쓴 따뜻하고 귀한 작품 하나로 남을 수 있을 테니까요.

진심을 다해서 해주고 싶은 축하의 말.

4부

지금 여기서 살아가는 일

내가 경험한 사회

1997년 IMF 사태를 기점으로 기울기 시작한 아버지의 사업은 끝내 좋지 못한 결과로 이어졌습니다. '타임머신'의 1절은 바로 이 아버지의 사업 실패담을 노래합니다.

어느 날 타임머신이 발명된다면

1991년으로 날아가

한창 잘 나가던 30대의 우리 아버지를 만나

이 말만은 전할 거야

아버지 육 년 후에 우리나라 망해요

사업만 너무 열심히 하지 마요

차라리 잠실 쪽에 아파트나 판교 쪽에 땅을 사요

이 말만은 전할 거야

2013년에 60을 바라보는 아버지는

너무 힘들어하고 있죠

남들처럼 용돈 한 푼 못 드리는 아들놈은

힘내시란 말도 못 해요
제발 저를 너무 믿고 살지 말아요
학교 때 공부는 좀 잘하겠지만
전 결국 아무 짝에 쓸모없는 딴따라가 될 거예요
못난 아들 용서하세요

— 1집 「서툰 말」, '타임머신'

그저 우리 식구가 겪은 일에 대해 쓴 이 곡이 나왔을 때 세상의 반응은 뜻밖이었습니다. 일부 평론가와 네티즌은 시대상, 나아가 시대정신이라는 단어를 언급하기 시작했습니다. 1990년대 초반에 경기 활황으로 잘 나가다가 1997년에 IMF 사태에 직면하며 사업이 망하는 이야기는 단지 나의 아버지만의 이야기는 아니었던 겁니다. 이후 잠실과 판교의 부동산 폭등, 그것을 목도하며 느끼는 상대적 박탈감도 개인의 이야기라기보다는 동시대를 살아온 많은 이들이 겪었던 이야기라 하는 것이 맞겠지요. 용돈 한 푼 못 드리는 아들놈의 이야기를 청년실업 문제와 연관 지어 이야기하신 평론가도 있었습니다. 그저 나와 나의 아버지 이야기를 진솔하게 담아내려 했던 시도가 소 뒷걸음질 치다가 쥐 잡은 격으로 어떠한 시대를 대변하는 이야기가 되어 버린 겁니다.

나는 이 시대에 이 사회를 살아가는 한 인간이므로 나의
삶에는 자연스레 이 시대와 이 사회가 녹아 있을 수밖에 없
습니다. 내가 겪는 부조리 역시 개인적인 연유에서라기보다
사회적인 문제로부터 기인하는 경우가 많죠. 개인의 삶을
이야기하며 사회적인 메시지를 담는 것은 사회 담론을 유도
할 수 있는 효과적인 방식입니다.

1) 1990년대 초에 활황이었던 우리나라 경제가 1997년에
   폭삭 무너지고 말았다.
2) 1990년대 초만 해도 일주일에 두 번은 먹을 수 있었던
   통닭을 1997년부터는 한 달에 한 번 먹기도 어려워졌다.

나는 이 두 가지 문장 가운데 2)와 같이 글을 쓰는 걸 선호
합니다. 수용자는 단순한 정보보다 개인의 경험이 녹아 있
는 이야기를 훨씬 더 생생하게 느낀다고 믿기 때문입니다.

칠 교시 종이 울리면 눈앞이 깜깜해져
모두가 웃으며 가방을 싸는데
나는 고갤 숙인 채 화장실로 가야 해
그곳엔 너희가 기다리고 있어

공처럼 온몸을 웅크린 채

주먹과 발길질을 받아내면서
더러운 바닥을 나뒹굴었지

화장실 창문 밖에 빛나는
태양과 구름은 저리도 예쁜데
왜 나만 이렇게 아파야 하는지

언제부터였을까 익숙해져 버렸어
발버둥 쳐 봐야 나만 더 아픈걸
빵을 사다 주어도 시험질 보여줘도
잔인한 일상은 끝나지 않았어

앞서 이야기한 '타임머신'이 엉겁결에 사회의식을 내포한 곡이 되었다면 같은 앨범에 수록된 '나쁜 노래'는 사회의 부조리를 의도적으로 드러내려고 만든 곡입니다. 학교폭력은 평생 지워지지 않는 상처를 남기기도 하고, 때때로 피해자가 극단적인 선택을 하게까지 만드는 심각한 범죄입니다.

나는 '학교폭력은 무서운 범죄. 지울 수 없는 상처를 남기고 사람을 죽이기도 합니다. 그러므로 근절되어야 합니다'라고 말하는 대신에 어린 날의 나를 소환했습니다. 길지 않은 시간이었지만 학교폭력에 노출되었던 당시 나의 삶과 그때 내 마음을 폭로하고 싶었습니다.

칠 교시 종이 울리고 모두 집에 갈 생각에 마음이 들뜰 때, 나 혼자 예정된 폭력에 시달릴 생각에 깜깜해지고 마는 마음. 저항할 생각도 하지 못하고 얻어맞아야 했던 모습. 그런 일이 일어나는 공간인 화장실의 풍경. 탈출할 마음마저 잃어버리고 차라리 익숙해지기를 선택해야 했던 그 참담한 상황들을 나열하는 것이 학교폭력 근절을 위한 그 어떤 표어보다 커다란 힘을 지닐 수 있다고 믿으며 가사를 썼습니다.

부조리한 사회구조 속에서 살아가는 한 사람의 이야기는 비록 개인적인 것일지라도 사회구조에 대한 비판의식을 내포할 수 있습니다. 당신이 살고 있는 세상은 어떻습니까? 우리가 살아가며 겪는 일에 대해 진솔하게 쓰는 것만으로도 이 사회에 대한 중요한 담론이 시작될 수 있습니다. 우리는 이 세상을 만들어가는 사람인 동시에 이 세상이 만들어낸 증상이기도 하니까요.

✎ **뭘 쓸까?**
내가 경험한 사회의 부조리.

사연 없는 집안 없다

얼마 전 친구들과 이야기를 나누다가 재미있는 사실을 발견했습니다. 지금은 다 고만고만하게 살지만 각자 집안 모두 저마다 떵떵거리던 시절이나, 그럴 뻔한 적이라도 한 번쯤 있었다는 것. 거기에 더해 꽤 큰 재산을 한순간에 날려버린 비극적인 사건도 하나씩은 있었습니다. 속 썩이시던 괴짜 어르신도, 차마 웃을 수 없는 가슴 아픈 이야기도 저마다 하나씩은 가지고 있었지요.

어느 집안이건 지금의 모습을 만든 구구절절한 사연 하나쯤은 있기 마련입니다. 때로는 웃기에도 울기에도 애매한 그 정겹고도 지긋지긋한 서사 속에서 우리는 태어나고 자라났지요. 그런 이야기들도 한번 꺼내보면 좋겠습니다. 내가 태어난 배경도 좋고, 어린 시절부터 지금까지 직접 목격한 우리 집 이야기도 좋습니다. 부모님이나 조부모님께 들었던 집안 내력도 의미 있고, 그중 한 사람에게 포커스를 맞추면 새롭게 발견되는 개인의 서사도 있을 겁니다. 우리는 대개 가족에 대해 진한 사랑이나 미움을 품고 있습니다. 그 진한 감정은 대상에 대해 깊이 사고하게 만들고, 이는 훌륭한 글을 탄생시키는 자양분이 되기도 합니다.

나는 어머니와 아버지의 만남부터 나의 출생까지의 이야기가 늘 궁금했습니다. 두 분의 이야기가 늘 달랐고, 이해가 가지 않는 부분도 있었기 때문입니다. 어머니가 돌아가시고 나서야 그 빈칸들이 무언가를 숨기기 위한 것이라는 사실을 알았습니다. 두 분이 감추고자 했던 건 내가 그들의 결혼보다 앞서 태어났다는 사실이었습니다. 어머니와 아버지가 온전히 가정을 꾸리기 전, 어머니는 친정에 가서 나를 낳으셨고, 뒤늦게 우리 가족의 거처를 마련한 아버지가 나와 어머니를 데리러 오셨다고 합니다. 2집 〈설은〉의 타이틀곡 중 하나인 '울산'은 거기서 시작하는 노래입니다.

추운 겨울날 내 나이였던 꽃다운
우리 엄마가 나를 낳은 곳
잔뜩 상기된 얼굴을 하고 가난한
우리 아버지가 달려오던 곳
외할머니와 외할아버지가
오순도순 텃밭을 일구던 남창마을에

장이 열리면 외할머니 손을 잡고

종종걸음으로 다릴 건넜지

외삼촌과 외숙모의

자그마한 식당이 있던 공업탑 로터리

오빠야, 형아, 몇 밤 자고 가나 묻던

동생들이 살던 곳, 울산

우리 엄마가 눈 감으시던 그 밤에

눈이 벌겋던 우리 외삼촌은 말했지

엄마 없다고 외갓집을 잊고 살면 안 된다

틈날 때마다 울산에 오니라

세월이 흘러 외할머니도

외할아버지 따라 하늘로 돌아가시고

이른 나이에 외숙모마저 떠난 집을

외삼촌 홀로 지키시고

오빠야, 오빠야, 하얀 얼굴로

나를 졸졸 따라다니던 사촌 여동생

신랑을 만나 자그마한

핏덩이 하나를 기르는 곳, 울산

― 2집 「설은」, '울산' 전문

어린 시절 외갓집은 언제나 정겨운 곳이었습니다. 병원에서 갓 태어난 나를 안고 어머니가 지친 몸을 풀었을 작은 집에는 언제나 외할머니와 외할아버지가 계셨습니다. 나는 어머니의 산후조리가 끝나는 대로 아버지의 차에 태워져 우리 집으로 떠났지만, 이후에도 매년 여름과 겨울마다 그 낡고 작은 울산 집으로 가 일주일씩은 보내곤 했습니다. 장이 서는 날 외할머니 손을 잡고 시장 구경을 갔던 일, 무뚝뚝하지만 다정한 눈을 하고 계셨던 외할아버지의 등에 업혔던 일들이 어렴풋이 기억에 남아 있습니다. 울산 시내에 있던 외삼촌의 식당에 가 사촌 동생들과 어울려 놀던 때도, 외삼촌과 외숙모의 필살기였던 경양식 돈가스를 먹던 때도 마냥 행복하기만 했습니다. 이 노래의 1절을 부를 때면 그 시절이 생각나 나도 모르게 웃음 짓곤 합니다.

내게는 따스함과 행복의 상징과도 같았던 우리 외갓집, 울산이라는 공간은 언젠가부터 슬프고 기구한 사연이 가득한 곳이 되어버리고 말았습니다. 중학교 때 외할아버지께서 돌아가셨을 때만 해도 많이 슬프기는 했지만 이런 일은 어느 집이나 겪는 일이겠거니 하고 생각했습니다. 그런데 몇 해 지나지 않아 우리 어머니가 너무나도 젊은 나이에 세상을 떠나고 말았습니다. 자식이 부모보다 앞서 세상을 떠나는 일은 어느 집에서도 일어나서는 안 되는 비극적인 일임이 틀림없지요. 외삼촌께서는 어머니가 없어도 달라지는 사실은 어머니가 없다는 사실뿐이라고, 외갓집과 나의 관계는 변함없어야 한다고 말씀하셨습니다. 그렇지만 혼자 찾아간 외갓집의 풍경이 이전과 똑같을 수는 없을 겁니다. 내가 외갓집에 가는 날이면 우리 모두를 둘러싼 공기에 우울 같은 것이 진하게 섞여 있었습니다.

외갓집의 불행은 그것이 끝이 아니었습니다. 외할머니는 딸을 잃고 얼마 지나지 않아 하나뿐인 며느리를 잃었습니다. 그것도 딸이 겪은 것과 거의 같은 병으로. 그렇게 너덜너덜해진 마음을 부여잡고 어떻게든 살아보려고 했을 외할머니는 또 머지않아 뜻밖의 교통사고로 세상을 떠나시고 말았습니다. 외삼촌으로서는 짧은 세월 동안 사랑하는 여동생과 어머니와 아내를 모두 잃어버린 것이었습니다. 그 무렵 외삼촌의 두 자식들도 각각 시집을 가고, 다른 도시로 공부를 하러 떠나며 나의 외갓집에는 이제 외삼촌 혼자 남게 되었습니다. 울산은 이제 내겐 너무 슬픈 도시가 되어 두 번 다시 가고 싶지 않은 곳이 되고 말았습니다.

그렇게 몇 해가 지났을 무렵 울산에 공연 하나가 잡혀서 내려가게 되었습니다. 외삼촌께 전화를 걸었을 때 외삼촌께서는 반가운 소식 하나를 전해주었습니다. 결혼 한 사촌 동생이 아이를 낳고, 가까운 곳에서 가정을 행복하게 꾸려나가고 있다는 소식이었습니다. 그 소식을 듣고 외갓집에 가는 발걸음이 한결 가벼워졌던 기억이 납니다. 많은 이별이 있었지만 또 새로운 얼굴들, 동생의 남편인 매제와 그들의 귀여운 아이가 또 나를 기다린다는 생각에 마음이 환해졌습니다. 누군가 떠난 자리를 새로운 만남과 새로운 생명이 채워가는구나. 한 가족의 역사란 이런 일들을 반복하는 것이구나. 울산으로 내려가는 내내 이런 생각들이 머릿속을 메웠고, 그 열차 안에서 나는 이 노래의 가사를 완성했습니다.

여기까지가 우리 외갓집의 역사였습니다. 이 역사 속에 또 파생되는 다른 이야기들도 있었습니다.

혼자 버스를 타고 울산 외할머니 댁에 내려왔다
일 년에 두 번 방학 때마다 찾아뵙는 외할머니는
어머니가 돌아가시던 그 날부터 뵐 때마다 몇 년씩은 늙으셨다
우예 지내노 핵교 잘 댕기나 느그 애비는 잘 있재
마른 손으로 잘 익은 복숭아를 깎으며 우리 가족의 안부를 물으신다
그래 느그 어매 있을 때맹키로 밥은 잘 챙기 묵고 사나
드디어 외할머니의 입에서 느그 어매라는 말이 쿵 하고 떨

어져 나온다

안부를 묻고 돌아가신 어머니 얘기가 나오고 외할머니가 울고 하는 일은

외할머니 댁에 갈 때마다 으레 걸치는 절차 같은 것이다

이제 내겐 추억인 어머니가 아직까지 외할머니에겐 아픔이다

그 아픔은 눈물로 전염되어 내 추억마저 따가워진다

아유 할머니 걱정 마세요 저 살 오른 것 보셔요 너무 잘 먹어 탈이에요

그래 마 니 얼굴 보기 좋네 그라믄 됐다 하며 복숭아를 넣어 주신다

아, 이번에는 외할머니의 눈물을 막아내는 데 성공했다는 안도감

그러나 이내 쿵 쿵 바윗돌 같은 눈물을 쏟아내신다

니 양말이 그기 뭐꼬 느그 어매 있을 때는 니가 그래 안댕깄는데……

외할머니는 한참을 울고 나는 아무런 말도 할 수가 없다

구멍 난 양말 사이로 시린 바람이 든다

입안의 복숭아가 넘어가질 않는다

나는 정말 아무런 말도 할 수가 없다

　엄마가 돌아가시고 혼자 외갓집에 내려갔을 때, 하필이면 그날따라 양말에 구멍이 나서 외할머니를 울리고 말았던 일이 있었습니다. 그때의 불편한 마음과 가슴 따가운 공기 같은 것들을 고스란히 이 작품 안에 담아보려 했습니다.

아침마다 염불 카세트 틀고 염주알 세던 외할매

발인 때는 목사님 장례예배로 축복을 받으셨다

평생 절 다니던 할매 앞에 장로님 집사님 권사님 노래할 줄

할매도 아마 절대로 몰랐을 거야

하기야 부처님이 할매한테 해 준 게 뭐 있나

영감 데려가고 딸래미 데려가고 며느리 데려가고

그렇다고 돈을 주길 했나 꼴랑 열 평짜리 임대아파트

부처님 정말 그러면 안 되는 거지

다른 사람은 몰라도 우리 할매한테는 그러면 안 되는 거지

우리 할매 그래서 교회 다녔단다

평생 절 다니다 가시기 몇 해 전에

부처님 밉다며 교회 가셨단다

그래 없던 믿음 만드는 게 어렵지

있던 믿음 그대로 절에서 교회로 옮기는 게 뭐 대수라고

아이고 그래 할매 고마 잘했소

기구한 삶 끝났는데 극락이면 어떻고 천국이면 어떻소

구원만 받으면 되지 미륵이면 어떻고 메시아면 어떻소

할매는 벌써 가고 없는데 염불이면 어떻고 찬양이면 어떻소

이 작품은 외할머니의 장례식을 마치자마자 적어 내려간 것입니다. 독실한 불교 신자였던 외할머니가 교회에 다니게 되셨다는 걸 나는 장례식장에 도착해서야 알았습니다. 영정 사진 주변의 십자가와 교회에서 보낸 근조 화환이 낯설어 보이기만 했는데, 우리 외갓집 집안 내력을 가만 생각해 보니 외할머니의 마음이 이해가 되었습니다. 그렇게 정성을 다해 믿었던 부처님이었는데 삶이 기구해질 때마다 얼마나 미웠을까요. 그래도 일평생 절에 다니시던 분이 몇 달 교회 나가셨다고 기독교장이 치루어지는 모습이 슬프기도 하고 어색하기도 했습니다.

우리 외갓집의 가슴 아픈 이야기는 이처럼 노래로도 썼고 시로도 썼습니다. 사실 에세이도 몇 편 있고, 아직 쓰지 못한 자잘한 이야기들도 많이 있지요. 어디 외갓집뿐인가요, 젊 어서부터 그렇게 할머니 속을 썩이시다가 훌쩍 떠나신 친할

아버지 얘기도 쓰자면 시건 에세이건 한두 편으로는 부족할 것입니다.

참 못된 이야기이지만 기구하면 기구할수록, 많은 눈물을 흘렸을수록 집안 이야기는 창작의 보고가 됩니다. 행복했던 시절이 그리울수록, 그리운 얼굴이 많을수록 쓸 거리는 많아집니다. 할머니 할아버지, 그리고 아버지 어머니의 오래된 옷장을 뒤져 멋진 아이템을 찾아내는 기분으로 그분들의 기억과 나의 기억을 뒤져보면 어떨까요? 우리 가족만의 이야기라지만 세월에 그저 흩어져 버리는 것보다야, 나의 소중한 작품 속에 고이 담아두는 게 훨씬 가치 있는 일이 아닐까요?

우리 세대 이야기

목사님은 조는 아이들을 불러 몽둥이로 엉덩이를 때렸는데, 어느 날인가부터 면죄부를 발행하였다. 바로 '사도신경'을 외울 줄 아는 아이에 한하여 체벌을 면해주는 것이었다. 그래서 성경책 맨 앞의 사도신경을 읽어 봤더니 도통 무슨 말인지를 모르겠더라. 성령은 뭐고 무슨 죄를 사하여 주신다는 건지 알 수 없었다. 그래, 그냥 안 졸고 말지.

하루는, 시험 한 주 전이었나, 목사님이 사도신경을 외울 줄 아는 아이에게만 자습시간을 주겠다고 했다. 교회에 다니는 친구들은 손을 들고 사도신경을 외우고는 잠을 자거나 시험공부를 했다. 나는 손을 들고 목사님께 물었다. '도대체 왜 이걸 외고 앉아 있어야 하는 건지 이해할 수 없다'고. 그랬더니 목사님은 "외우라면 외워!"라고 했다. 나는 그럴 수 없다고 했다. 결국, 나는 몽둥이로 엉덩이를 몇 대 맞고 엎드려 뻗친 상태로 사도신경을 다 외웠다. 그 사도신경을 아직

한 글자도 잊어버리지 않았다.

미션스쿨에 들어가게 된 것은 나의 선택이 아니었습니다. 소위 말하는 뺑뺑이의 결과였을 뿐이었지요. 내가 선택하지 않은 종교의 경전을 배우고 외워야 한다는 사실이 부당하다고 말했더니 체벌로 돌아왔습니다. 당시 체벌 도구로 쓰인 부러진 대걸레 자루가 아직도 기억에 남아 있습니다.

이 이야기를 들려준다면 나와 같은 세대, 혹은 내 윗세대 중 미션스쿨을 나온 많은 이들이 공감할 겁니다. 그렇지만 요즘 학교를 다니는 친구들에게는 아주 생소하고 믿기 어려운 일이 될 수도 있습니다. 체벌이 금지된 학교에서 선생님도 아니고 목사님한테 대걸레 자루로 얻어맞아 본 친구는 아무도 없을 테니까요.

'나는 우유도 잘 먹고 사도신경도 외울 줄 안다'. 앞서 예로 든 글의 제목이었습니다. 지금까지 생각해도 억울했던 체벌의 기억 두 개를 소재로 쓴 글이었지요. 사도신경을 못 외우겠다고 말했다가 맞았던 기억이 하나, 그리고 지금 이야기할 우유에 대한 기억이 다른 하나입니다. 초등학교 1학

년 때의 일이었습니다. 그 이야기는 따로 떼어 시 한 편에
담아내기도 했습니다.

우유가 썩는 줄 몰랐고 우유가 썩으면 팩이 부풀어 터져버
리는 지도 몰랐다
나는 책상 서랍에 우유를 하나하나 저장했다
안 먹으면 혼나니까 안 받겠다 말도 못 하고
거짓말하면 나쁜 애니까 책가방에 넣어다가 집에 가는 길에
버릴 생각도 못 하고
나중에 잘 먹을 수 있게 되면 먹으려고 꼭꼭 숨겨 두었다
일주일쯤 뒤부터 내 자리에서는 이상한 냄새가 나기 시작했
다
양 갈래 머리를 한 짝꿍 계집애는 나에게 눈을 흘겼고
다른 아이들도 내 주변에 다가오지 않았다
연쇄살인범이 시체 처리를 고민하듯 우유의 처리를 고민하
는 며칠 사이
악취는 점점 심해져 결국 선생의 후신경에 닿았다
이게 무슨 냄새야 코를 킁킁거리며 내 자리 쪽으로 다가오는
쿵 쿵 쿵 선생의 발소리에 나는 오줌을 지릴 것 같았다
내 옆에 멈춰 서자 등 뒤로 배어 나오던 식은땀
뒷목에서부터 온몸으로 좌르르 퍼져 가던 닭살
선생의 왼손이 책상 서랍으로 쑥 들어가

썩은 우유가 뚝뚝 떨어지는 시체 몇 구를 발굴해 내었다
선생의 오른손이 허공으로 올라가 내 뺨을 후려갈겼다
욕설을 들은 것 같은데 우느라 잘 듣지 못했다

집에 가기 전 학교 화장실에서 세수를 열 번도 넘게 했다
왼뺨의 빨간 손자국과 눈가의 부기가 잘 사라지지 않았다
어떻게 엄마, 나 책상 서랍에 시체를 숨겼다가 뽀록났어라
고 말할 수 있겠어
그러나 엄마는 결국 형벌의 흔적을 발견하고야 말았다

사건은 엄마가 선생에게 촌지를 몇만원 전달함으로써 일단
락되었다

우유 급식을 학교 차원에서 실시한 것은 아이들의 영양을
위해서라고 치고, 선생님들은 무엇이 그렇게 중요하다고 생
각했기에 우유를 싫어하는 아이들에게도 끝까지 남김없이
먹으라고 강요들을 했던 걸까요? 우유를 안 먹는다는 이유
로 여덟 살짜리 애들을 때리기도 했던 시절이 있었습니다.
책상 서랍에 차곡차곡 숨겨둔 우유가 발각되었을 때의 공
포, 그 감정을 느낌과 동시에 번쩍했던 감각도 아직도 선명

합니다. 여덟 살, 엄마한테 몇 번 쥐어박히긴 했지만 어디서 뺨을 맞아 본 적이 있었을까요? 태어나서 처음 경험해 본 느낌에 놀라 엉엉 울었던 기억이 납니다. 그 선생이란 여자는 나중에 엄마를 만나 촌지까지 받았다고 합니다. 그런 일들이 우리 때는 있었습니다.

너무 우리 세대에 대해 폭력으로 얼룩진 이야기만 한 것 같아 따뜻했던 이야기도 하나 해보려 합니다. 내가 미취학 아동이었던 1990년대 초반 서울에는 동네마다 엘리베이터가 없는 5층짜리 시영·주공아파트들이 많이 있었습니다. 지금은 재건축으로 많이 없어졌는데, 한 채에 스무 평도 안 되는 소형 아파트들이 다닥다닥 모여 커다란 단지를 형성하고 있었습니다.

물론 다양한 사람들이 살았겠지만 아파트 생활이 아직 낯선 이들이 많았습니다. 티비 드라마 '응답하라 1988'에 등장하는, 이웃 간에 정겹던 골목에 살던 이들이 처음 아파트에 모인 겁니다. 아파트 각 라인은 이들이 살았던 골목과 비슷한 기능을 하곤 했습니다. 같은 라인에 사는 사람들이라면 몇 호에 몇 식구가 살고, 각각의 집에 애들은 몇 살인지까지 다 알 수 있었습니다. 애들끼리는 자연스레 친해져 어른들이 의도하지 않았던 공동육아나 다름없는 방식으로 하루하루를 보내곤 했습니다. 위층 형이 아래층 동생을 챙겨 놀고, 옆집 아줌마가 차려주는 저녁밥을 먹고. 그런 문화는 이전과 이후에는 찾아보기 어렵지 않을까 생각합니다.

> 열세 평에 네 식구가 어찌 저찌 살았던 건
> 407호뿐만 아니라
> 그 옆집 408호도 그리 살았고
> 그 윗집 508호도 그리 살았고
> 그 옆집 507호도 그리 살았던 덕분이었을지도
> 고만고만한 애들이 집집마다 둘씩 여덟
> 애가 애를 챙기며 아무 집에나 들어가 밥을 먹고
> 그러면 남은 세 집은 고요했던 다섯 층짜리 아파트

— 시집 『그러거나 말거나 키스를』, '10동'

수직적으로 붙어 있는 당시 아파트의 문화와 수평적으로 붙어 있는 골목의 문화는 비슷한 듯 달랐겠지요. 이후에 지어진 고층아파트는 엘리베이터로 이동하고 인터폰으로 소통하는 구조가 되었습니다. 1990년대 초반 소형 아파트에 있었던 이웃 문화는 자연스레 사라지고 말았지요.

전에도 없었고 후에도 없었던 짧았던 한 시절의 모습을

글로 남긴다는 건 분명 의미 있는 일입니다. 사라진 것들이 아무 흔적 없이 잊히는 건 어쩐지 더 쓸쓸하니까요. 비록 물리적으로 사라졌다 하더라도 기억 속에라도 남아 있다면 더 이상 휘발되지 않도록 글로 남겨두어야 한다고 생각합니다. 우리 세대의 일은 아마도 우리 세대가 가장 잘 쓸 수 있을 겁니다.

"나 때는 말이야!" — 네, 당신 때는 어땠나요? 당신과 나의 세대가 다르다면 당신만 알고 나는 모르는 그 시절 이야기를 들려주세요. 당신과 나의 세대가 같다면 우리끼리만 공유하던 그 기억들을 한 번 펼쳐주세요. 그것은 분명 값진 기록이 될 겁니다.

우리 세대만의 이야기.

당신이 아직 아이였을 때

우리는 매 순간 다른 사람이 됩니다. 과거 어떤 순간의 나를 꼽아봐도 지금의 나와 똑같을 수는 없습니다. 미래의 나 역시 지금과는 아주 미세하게라도 차이가 있을 겁니다. 우리는 지금도 조금씩 성장하거나 늙고 있고, 외부 세계의 영향을 받으며 변화하고 있습니다. 방금 전의 나도 지금의 나와 다른데, 먼 과거로 거슬러 올라가 유년의 나를 만난다면 그 모습은 지금 나와 또 얼마나 다를까요? 그 아이 역시 분명히 나인데, 지금의 나는 그 아이로부터 온 존재임이 분명한데 꽤 생경한 느낌이 들 겁니다.

타임머신은 없지만 우리는 글을 통해 그 아이를 불러낼 수 있습니다. 그 아이는 아마 지금의 나보다 순수하고 순진할 겁니다. 지금은 두려워하지 않는 어떤 것을 두려워할지도 모르고, 반대로 지금 내가 두려워하는 걸 아무 두려움 없이 받아들이고 있을지도 모릅니다. 지금 생각하면 아무것도 아닌 일을 진지하게 생각하고 있을지도 모르고, 또 어쩌면 의외로 지금의 나와 비슷한 생각을 가지고 있을지도 모릅니다. 그 아이의 모습을 통해 우리는 왜 우리가 지금 나의 모습이 되었는지, 지금과 같은 삶을 살게 되었는지에 대한 실마리를 찾을 수도 있습니다.

그저께 꾸었던 무서운 꿈을 어제도 꾸게 된 이후로
나는 잠자리에 들 때마다 이상한 주문을 외우게 되었다
내일 눈을 뜨면 다시 어제가 되게 해주세요
모든 이별은 반드시 내일이나 내일의 내일 어딘가에 존재할
것이므로

자꾸만 그대가 가루가 되어 흩어졌다
어제도 그랬고 그저께도 그랬다
나는 하염없이 날리는 그대의 몸을 어떻게든 모아보려
작은 손을 오므렸지만 가루는 더 고운 가루가 되어
손과 손 손가락과 손가락 사이로 빠져나갔다
이미 정해져 있는 어떤 것들은 어떤 방식으로 하루를 달리
살아도
애초에 정해진 그대로 진행되고야 만다는 사실을
너무도 이른 나이에 알아버리게 된 걸까

모든 것이 어제로, 오늘로,

내일은 말고

열두 살 때 티비에서 '화성 침공'이라는 영화를 방영해주어서 아빠 엄마와 함께 본 적이 있습니다. 뇌가 머리 위로 툭 튀어나와 있는 해골바가지처럼 생긴 화성인들이 지구를 침공해서 아수라장으로 만드는 내용이었습니다. 영화에서는 화성인들이 지구인들을 향해 레이저 총을 쏘는 장면이 여러 차례 나옵니다. 총을 맞은 지구인들은 가루가 되어 스러져버리고 마는데, 이것이 어린 내게는 조금 충격적이었나 봅니다.

그날 이후 몇 날 며칠 밤 동안 엄마 아빠가 레이저 총을 맞고 가루가 되어버리는 꿈을 꾸곤 했습니다. 물론 외계인이 쳐들어와서 엄마 아빠를 공격하는 일 같은 건 일어나지 않으리라는 사실 정도는 알았지만 꿈속에서 엄마 아빠를 잃었던 순간에 느낀 상실감은 너무나 선명하게 남아 있었습니다. 그리고 이것은 다른 형태로라도 언젠가 내가 겪어야 하는 일이라는 것을 알게 되었습니다. '나는 언젠가 엄마 아빠를 잃을 수밖에 없다'.

어떤 일들은 아무리 부정해도 반드시 일어나고 만다는 사실에 막막해졌습니다. 아무리 발버둥 쳐도 언젠가는 엄마 아빠를 잃고 말 텐데, 감당할 자신이 없었습니다. 그때부터 꽤 오랫동안 매일 밤 잠들기 전 혼자 중얼거리곤 했습니다. 자고 일어나면 어제나 오늘이 다시 시작되었으면 좋겠다고. 내일 같은 건 오지 말았으면 좋겠다고. 그러나 내일은 매일매일 어김없이 찾아왔고 그사이 나는 어른이 되었습니다.

어른이 된 나는 어린 시절 꾼 악몽을 더 이상 떠올리지 않게 되었습니다. 시간은 끊임없이 미래를 향해 흘러간다는 사실을 자연스럽게 받아들이게 되었지요. 엄마와의 이른 이별도 어찌어찌 극복해내고 무사한 나날을 보내고 있습니다.

그 시절의 나는 그런 고민을 누구에게도 말 못 하고 혼자서만 두려워했습니다. 엄마 아빠가 죽어버릴 거라는 말을 엄마 아빠한테 하는 건 이상한 일이었으니까요. 그렇게 애처롭고 작았던 나를 이제라도 안아주고 싶었습니다. 이제라도 너를 이해하는 누군가가 여기 있다고 말해주고 싶어서 이런 시를 써 보았습니다.

엄마가 이불을 걷어내며 엉덩이를 때려야 잠이 깨고
아빠가 잘 자라며 형광등을 꺼 주어야 잠이 들던

그때는 일곱 살

엄마는 내가 일어나면 커피를 마셨고
아빠는 내가 잠들면 소주를 마셨다

엄마는 몇 해 전 돌아가시고
아빠는 늙어서 나보다 일찍 잠드시는
지금은 스물일곱 살

나는 아직도 어리광이 남아서
커피를 마셔야 잠이 깨고
소주를 마셔야 잠이 드네

시간이 지나고 나이를 먹고 많은 게 달라졌지만 여전한 것도 조금은 있습니다. 그런 걸 발견하는 일도 정겨운 경험입니다. 스물일곱 무렵에는 혼자 살고 있었습니다. 그 나이가 되도록 나는 아침에 일어나는 게 힘들었습니다. 가까스로 일어나더라도 정신을 차리려면 커피를 진하게 한 잔 타 먹어야 했습니다. 밤에 자는 일도 쉽지 않았습니다. 소주 한 잔하지 않으면 쉽사리 잠자리에 들지 못했습니다.

어느 날 문득 어떤 장면이 떠올랐습니다. 아침마다 나처럼 커피 한 잔씩을 마시던 엄마의 모습과 밤마다 소주 한잔으로 하루를 닫던 아빠의 모습. 그 행동들이 그제야 이해가 가기도 했고, 아침이면 엄마가 깨워주고 밤이면 아빠와 인사를 나누던 기억들이 떠올라 미소가 지어지기도 했습니다. 어쩌면 여전히 아침에 혼자 일어나기 힘들어하고 밤에 맨정신으로 잘 자지 못하는 것은 그 시절의 어리광이 여전히 남아 있기 때문은 아닐까 하는 생각해봅니다.

스물일곱, 다 큰 줄 알았던 나이였습니다. 그러나 나는 여전히 유년 시절의 어떤 습성을 지닌 어린애였습니다. 세상이 버겁고 삶이 고단한 건 당연한 일이었습니다. 나는 여전히 어렸으니까요. 글을 통해 유년 시절을 만나는 일은 이처럼 지금의 내가 어디쯤 와 있는지 알려주기도 합니다. 그것을 통해 위로받기도 하고 안도감을 느끼기도 합니다. 오늘 밤 유년 시절의 나를 찾아가 대화를 한번 걸어보면 어떨까 싶습니다. 어쩌면 부쩍 자라 있는 기특한 내 모습을 발견할지도 모르고, 또 어쩌면 여전히 어린 나 자신을 안아주고 싶어질지도 모릅니다.

기억에 진하게 남아 있는 그 장소

인문지리학에는 공간과 장소라는 개념이 있습니다. 공간은 말 그대로 우리가 인식하는 물리적인 범위를 뜻하며 영어로는 'space'라고 합니다. 별다른 의미 없이 단지 '거기' 존재하는 것, 그것이 바로 공간입니다.

그런데 아무 의미 없었던 그 공간에 누군가가 의미를 부여하기 시작합니다. 어떤 이는 그곳에서의 기억이나 추억을 이야기하고, 또 다른 이는 그 공간에 나름의 가치를 더합니다. 그 순간부터 공간은 장소로 바뀝니다. 장소란 공간에 인간의 애착과 의식, 경험이 더해진 개념입니다. 영어로 하면 'place'이지요.

단지 물리적 공간이었을 뿐이었는데 당신으로 인해 하나의 장소로 재탄생한 곳이 기억 속에 있을 겁니다. 남들은 그저 스쳐 지나갈지도 모르지만 당신에게는 어떤 기억들을 떠

오르게 하는 곳, 이번에는 거기서 글쓰기를 출발해보자고
제안하고 싶습니다.

　제게는 낙산공원이 그런 곳입니다. 서울특별시 종로구의
대학로라 불리는 동네에 위치한 이 공원은 지하철을 타고
혜화역에서 내려 마로니에 공원을 관통하여 비탈길을 숨이
좀 차오른다 싶을 때까지 올라가다 보면 만날 수 있습니다.
높은 지대에 지어 놓은 성곽과 거기서 내려다보는 서울의
야경 또한 아름다운 곳입니다. 지금이야 성수동이니 한남동
이니 하는 곳이 소위 힙하다고 하는 곳이지만, 그 힙하다는
말 자체도 탄생하기 전인 2010년 이전에는 혜화동 일대의
대학로도 나름대로 힙스터들의 아지트 역할을 했습니다.

　그 시절 나는 소개팅도 데이트도 대학로에서 즐겨 했습니
다. 거길 좋아해서였다기보다 내가 이 정도 감성은 있는 사
람이라고 과시하고 싶은 마음이 컸습니다. 영화나 연극을
한 편 보고, 나만 알 것 같은 카페나 바에 들렀다가 마지막에
는 낙산공원에 가서 캔맥주를 마시는 것이 레퍼토리였습니
다. 자연스레 낙산공원에 대한 다양한 기억이 남았고, 그중
에는 추억이라 부를 수 있을 만한 진한 기억도 포함되어 있
습니다.

그렇게 즐겨 찾던 낙산공원을 근거지가 달라지면서 한참 가보지 못하다가 10년 만에 올라 보았습니다. 벤치에 앉아 맥주를 마시다 보니 공원 풍경 위로 가슴 깊이 묻어두었던 기억들이 떠올랐습니다. 딱히 누가 그리웠던 건 아니고 그 시절 너무나도 쉽게 설레곤 하던 순수했던 내가 조금 그립다는 생각을 했습니다. 공원에 서 있는 거울에는 세월을 정통으로 얻어맞은 내 모습이 비쳤고 이십 대 초반의 내 모습과 지금의 내 모습 사이에는 커다란 괴리가 느껴졌지요. 한때는 소중하다 여겼던 이들이 떠나고 그 모든 기억이 과거가 되었음에도 아무렇지도 않게 잘 살고 있는 내가 신기하게 느껴지기도 했습니다.

모두 변해 버린 줄 알았는데
이곳의 밤 풍경은 그대로네
발아래 흥성거리는 서울의 야경과
땀 맺힌 이마를 닦는 시원한 바람

맥주 한 캔을 들고 걸어 올라온
여기 낙산공원은 그대로네
배드민턴을 치는 나이 든 부부와
서로 기대어 앉은 어린 연인들

어쩌면 커다란 건물을

짓고 부수는 일보다

티끌만한 맘 하나 변하는 게

더 커다란 일인지도 몰라

여기 낙산공원은 그대로네

정말 그때 그 모습 그대로네

변한 건 나이를 먹은 내 모습과

오래전 나를 떠난 그대뿐

이 노래 '낙산공원'을 만들 때 주목했던 건 낙산공원의 풍경이나 떠나버린 옛사랑보다 세월의 흐름 속에 변해버린 나였습니다. 제목이 '낙산공원'인 것은 단지 그 모든 생각이 낙산공원이라는 장소에서 출발했기 때문이었지요. 누군가에게는 이러한 생각을 떠올리게 만드는 장소가 한강공원일 수도 있고, 지리산 국립공원일 수도 있습니다. 애초에 '어디'는 그다지 중요한 문제가 아니었을지 모릅니다.

공간에서 출발한 이야기의 주인공이 꼭 공간 그 자체가 될 필요는 없습니다. 내 작품의 주인공은 언제나 외부세계를 받아들이는 나 자신일 수밖에 없으니까요.

왕십리 골목에 자주 가던 술집이 또 하나 문을 닫았구나
스무 살 우리가 떠들던 그 거리를 낯선 간판들이 채우는구나
설렘이 가득한 이른 봄의 왕십리 술에 취한 대학 새내기들
풋풋한 그들 사이 어른이 된 내 모습 어쩐지 서글퍼지는구나

우리의 젊음이 부럽다던 선배들 그들도 그땐 스물한두 살
어느덧 하나둘 시집 장가간다고 청첩장을 보내오는구나

지금 되돌아보면 별것도 아닌 일들 그땐 왜 그리 심각했는지
숱하게 마주치던 만남과 이별 앞에 일일이 눈물을 흘렸네
똑같은 야구잠바 입은 저네들도 그대의 우리가 그랬듯이
아무런 겁 없이 사랑을 하겠지 이별에 눈물 흘리겠지

졸업한 선배들 말끔한 양복 입고 가끔 술 사주러 올 때면
왜 그리 외로운 한숨을 쉬었는지 이제야 나도 알겠구나
내가 그들 나이가 됐구나
저들도 나처럼

— 1집 「서툰 말」, '왕십리' 전문

대학을 졸업하고 몇 해가 흘러 다시 모교 앞 대학가를 지날 때, 익숙한 그 거리에 내가 사랑했던 단골집은 문을 닫았고 생기 도는 학생들이 골목골목을 채운 모습을 보면서 어쩐지 서글픈 마음이 들었습니다. 내가 그 나이였을 때는 참 웃을 일도 많았고 울 일도 많았던 것 같습니다. 지금 생각해 보면 별것도 아닌 만남과 이별 앞에 웃고 울었던 기억들을 떠올려보면 민망하기 그지없습니다. 새로이 이 동네에 유입되어 골목마다 시끄럽게 떠들고 있는 저들도 마찬가지의 시절을 보내고 있다고 생각하니 잔잔한 웃음이 나왔습니다.

이 노래는 사실 일단 제목을 '왕십리'로 붙이긴 했지만 더 나은 제목이 없을까 꽤나 궁리한 곡이었습니다. 대학교 신입생 시절의 푸릇푸릇한 정서가 아직 남아 있는 많은 이들이 공감하길 바라는데, 왕십리로 장소를 특정하는 것이 자칫 노래의 청자를 한정 짓지는 않을까 우려했기 때문입니다.

'왕십리'보다 더 좋은 제목을 찾지 못해 결국 이 노래의 제목은 '왕십리'가 되긴 했는데, 노래에 대한 반응은 걱정했던 것과 달랐습니다. 노래에 등장하는 장소는 왕십리지만 신촌에서 대학을 나온 아내는 신촌 어느 거리를 자연스레 떠올렸고, 경기도 안성에서 대학 시절을 보낸 한 친구는 이 노래를 들으며 안성의 어느 거리를 연상했습니다,

사람에게는 어떤 콘텐츠를 접했을 때 그것을 자신의 경험을 토대로 조금 각색하여 받아들이는 능력이 있습니다. 너무 개인적인 장소이기에 그것에 대해 쓰기가 좀 망설여지더라도 일단 한번 써 보시길 권합니다. 그 장소에 얽힌 당신의 경험과 기억, 생각은 개인적이기에 오히려 보편적일 수 있습니다.

 ✎ **뭘 쓸까?**
추억이 남아 있는 장소.

오늘도 내가 머물렀던 곳

이번에는 일상적인 장소에 대해 이야기해 봅시다. 매일 출근하는 사무실에서는 우리가 일상이라 여기며 지나쳐버리는 수많은 이야기가 생겨납니다. 그곳을 향하는 길가를 떠올려보세요. 매일 오가는 길이지만 다른 곳과는 다른 그 길만의 감각이 존재할 것입니다. 집으로 돌아오는 길에 오르는 버스와 지하철, 매일같이 들르는 마트와 가게들. 우리는 누구나 어느 정도 특별하고 또 어느 정도 평범하기 때문에 장소를 받아들이는 양상도 독창적이며 동시에 보편적입니다. 다시 말해 오늘도 당신이 머문 장소에 대한 이야기에 누군가는 흥미를 느낄 수 있고, 동시에 당신에게 동질감을 느낄 수도 있다는 겁니다.

같은 장소라도 거기 머무는 이의 입장에 따라 그것을 감각하고 받아들이는 양상은 달라질 수 있습니다. 출근길과 퇴근길은 대개 같은 길입니다. 그런데 그 둘은 완전히 상반

된 감각을 우리에게 제공합니다. 출근길에 내딛는 발걸음과 퇴근길에 내딛는 발걸음의 무게가 똑같다고 느끼는 사람은 거의 없을 겁니다. 얼핏 보면 똑같은 출근길이라 해도 매일의 상황에 따라 또 다르게 느껴지기도 할 겁니다. 계절에 따라 다르고 그날그날의 날씨에 따라 다를 겁니다. 그런 차이가 없더라도 단지 내 상황에 따라서도 전혀 다른 장소가 됩니다. 좋은 일이 기다리고 있는 어느 날에는 가로수 잎사귀 하나하나 싱그럽게 보이기도 하고, 출근 후에 뭔가 맞이하고 싶은 일이 기다리고 있는 날에는 지저귀는 새소리조차 짜증스럽게 들리기도 하지요.

일상의 장소에 대해 쓴다는 것은 당신과 특정한 장소가 만나 일어나는 다양한 생각과 감정의 화학작용을 기록한다는 것과 다르지 않습니다. 매일을 살아가며 오가는 다양한 장소의 기록은 우리가 무슨 생각을 하고 어떤 감정을 느끼며 살아가는가에 대한 기록이나 다름없다는 이야기입니다.

한 가닥의 잔머리도 용납하지 않는 커트
손이 베일 듯 날카롭게 정리되는 헤어라인
미간 위로 아찔한 면도칼이 슥슥 오가는 동안
우리는 이야기한다 위스키, 스포츠, 올드스쿨 힙합, 로큰롤

뜨거운 스팀타월을 얼굴에 얹으며

이발사는 묻는다 세팅해 드릴까요?

괜찮습니다 오늘은 바이크를 타고 와서

역시 남자는 두 바퀴죠

아아 예전에는 할리도 탔는데 말이야

저는 아메리칸 바이크 보다는 좀 더 스피디한 쪽을

할리는 속도로 타는 게 아니죠, 토크로 타는 거지

아아 심장을 때리는

알코올 향 진한 스킨이 얼굴을 휘감는다

칼날이 지나간 자리가 군데군데 따갑지만 내색하지 않는다

그럼 오늘도 좋은 하루 보내십쇼

바버 님도 즐거운 하루

손님 짐 챙겨 가셔야죠

그러게, 내 정신도 참

건네받은 마트 비닐봉지를

110cc 앙증맞은 스쿠터 앞 바구니에 살포시 얹는다

그 안에 담긴 콩나물, 소고기 다짐육, 달래나물에 대해서는

혹시 보았더라도 비밀로 하는 것이 사내들의 의리

아내로부터 메시지가 온다

어디야, 여보, 배고파

서둘러 답장을 보낸다

미안해 여보, 금방 가서 콩나물밥 맛있게 해줄게

육중한 엉덩이를 스쿠터에 얹고

아내가 기다리는 집을 향해 스로틀을 당긴다

왜애애앵, 저배기량 엔진 소리가 조금 민망해도

우리끼리는 모른 척하는 걸로

— 시집 『가라 인생』, '바버샵'

여러모로 성별의 구분이 무의미해지는 요즘입니다. 남성다움이니 여성다움이니 하는 말은 이제 구시대적인 어휘가 되었지요. 이러한 추세에 발맞추어 살기 위해 노력을 하는 편입니다. 부모님 세대, 정확히는 우리 아버지와는 다른 모습의 남편이 되어보려고 합니다. 아내를 위해 맛있는 음식을 준비하고, 적극적으로 육아를 하는 스스로의 모습에 뿌듯함을 느낄 때가 많습니다. 빠르게 변하는 세상, 그 방향은 명백하지만 모든 장소에서 이러한 변화가 똑같은 속도로 이루어지는 것은 아닙니다. 이발소, 이용원이라고 불리던 현재의 바버샵에서는 아직도 철 지난 남성성에 대한 담론이 빈번하게 오갑니다.

애초에 이발소라는 장소가 주로 여성을 대상으로 영업을 하던 미용실과는 구분되는 남성 위주의 공간이었습니다. 일하시는 분들이 취득해야 하는 자격증도 미용사 자격증과는 다른 이용사 자격증으로, 면도 기술 등 남성을 대상으로 하는 서비스 능력이 중요하다고 들었습니다. 그러다 보니 이용객은 주로 남성이고, 종사자도 근래 여성이 많이 늘었다고 하나 미용실에 비해서는 남성 비중이 압도적으로 많습니다. 당연히 모든 대화는 남성을 중심으로 이루어지고, 그 공간에서만큼은 나도 전통적인 남성성에 대해 이야기할 수밖에 없습니다. 오랫동안 남성들이 사랑하던 문화들인 위스키, 스포츠, 올드스쿨 힙합, 로큰롤, 바이크 등이 주로 대화의 주제가 됩니다. 여전히 어느 정도의 마초성이 멋으로 여겨지는 곳이기에 모두가 밖에서보다는 조금씩 더 거들먹거리며 스스로의 마초성을 드러내어 보이기도 하지요.

머리 다듬는 것을 좋아해서 3주에 한 번꼴로 찾게 되는 바버샵이라는 장소에서는 나도 괜히 그 옛날 아저씨들처럼 마초 행세를 하게 됩니다. 110cc 스쿠터를 타고 온 처지에 괜히 잘 알지도 못하는 고배기량 바이크에 대해 아는 체를 하기도 하고, 면도칼이 오간 자리에 독한 스킨이 닿는 바람에 얼굴이 따가워도 애써 참아내곤 합니다. 그 옛날 백인 마초들이 즐겨 하던 머리 모양이 완성될 무렵이면 괜한 자아도취에 빠져들기도 합니다. 그러다 그 공간을 빠져 나오면 다시 원래의 나로 돌아오는 것이 문득 우스꽝스러워 보였습니다. 실컷 흔히 말하는 '맨즈 토크(Men's talk)'를 나누다가 주섬주섬 반찬거리가 담긴 검정 비닐봉지들을 챙기는 모습은 우습지만 내겐 일상의 한 부분일 뿐입니다.

머리 하러 가는 바버샵이나 미용실은 특별한 장소가 아닙니다. 그냥 우리가 흔히 찾곤 하는 일상의 공간입니다. 그렇지만 거기에도 이와 같은 이야깃거리들이 존재합니다. 다른 곳에서 느낄 수 없는 독특한 감각이 존재하고, 그 안에서 나는 의식하지 못한 사이에 어떠한 서사를 만들어내곤 합니다. 그러나 일상적인 공간에서 만나게 되는 감각과 서사는 캐치해내기가 쉽지는 않습니다. 일상은 그저 일상일 뿐이라고 아무것도 아닌 것으로 치부해버리는 습관 때문입니다. 하지만 조금만 시선을 달리해서 바라본다면 거의 모든 장소에는 쓸 거리들이 존재합니다. 제3자의 시선을 상상하며 오늘 내가 머물렀던 공간과 그 안에 있는 나 자신을 바라보았을 때 문득 떠오르는 어떠한 생각과 감정, 거기서 출발해보는 것입니다.

막차를 타고 집에 가네 늦은 밤
오랜만에 광화문에 나와 버스를 기다리다
정류장에 붙어 있던 안내문이 눈에 들어왔다
9602번 버스는 내일부터 운행하지 않습니다

마지막이란 말은 지나치게 감정적이어서
괜스레 쓸데없는 것들을 떠올리게 하지
이를테면 광화문에서 자주 만나던 사람
매일같이 이 차를 타던 그 계절들의
잔뜩 미화된 기억 같은 거

듬성듬성 앉아 머리를 기댄 저들도
광화문과 김포 사이 어디쯤의 기억을
저토록 우수 가득한 표정으로
가만히 바라보고 있다

버스는
신촌을 지나
마포를 지나
성산대교를 건너고
지나간 모든 기억들처럼
떠나간 모든 사람들처럼

끝내 마지막을 건너고

두 번 다시 돌아오지 않네

9602번 빨간 버스는 광화문과 김포 사이를 잇는 노선 위를 달리곤 했습니다. 예전에 살던 집 앞 정류장에서 9602번을 타면 환승 없이 서울의 중심부로 진입할 수 있어서 한때는 자주 이용하곤 했었지요. 그런데 어느 날 광화문에서 집에 돌아오기 위해 막차를 타러 정류장에 갔더니 내일부터 9602번 노선을 운행하지 않는다는 안내문이 붙어 있는 겁니다. 그러니까 내가 기다리는 막차는 다시는 없을 9602번 버스의 진짜 마지막 차였던 것입니다. 언제나 마주하곤 했던 익숙한 빨간 버스는 그때부터 일상의 장소가 아니라 다시는 만날 수 없는 특별한 장소가 되었습니다. 이 버스를 타고 자주 만났던 누군가와, 유독 이 버스를 자주 타야 했던 어떤 계절들, 여기서 차창에 머리를 기댄 채 떠올리곤 했던 어떤 생각들. 그 모든 것들이 이 버스와 함께 떠나 다시는 돌아오지 않는다는 것이 실감이 났습니다.

많은 장소들이 변합니다. 어떤 장소는 새로운 모습으로 변모하기도 하고 또 어떤 장소는 9602번 버스처럼 아예 사라져버리기도 합니다. 지금 만날 수 있는 이 모습 그대로의 어떤 장소는 어쩌면 이 순간에만 존재하는 것인지도 모릅니다. 다신 볼 수 없는 곳들이라 생각하니 하나하나 특별해 보입니다. 익숙했던 것이 반짝 특별해 보이는 순간, 우리가 붙들어야 하는 것은 바로 그 순간입니다.

✎ 뭘 쓸까?
일상에서 자주 머무르는 장소.

우리는 미디어의 바다 위를 떠도는 배

우리는 하루를 세 가지 세계 속에서 살아갑니다. 꿈과 무의식의 세계(밤), 실제로 사물과 현상이 존재하는 물질세계(낮), 그리고 나머지 시간은 아마도 자신도 모르는 사이에 미디어의 세계에 머물고 있을 것입니다.

티비와 영화 같은 전통적인 매체부터 인터넷 뉴스, 유튜브, SNS까지. 우리는 점점 더 많은 시간을 미디어 속에서 살아갑니다. 과거에는 미디어가 대중에게 일방적으로 메시지를 전달했지만 지금은 누구나 자신의 이야기를 발신하는 시대입니다. 게시판과 댓글 문화에서 시작해 1인 미디어와 알고리즘이 만들어낸 참여적 생태계 속에서 우리는 이야기를 나누고, 관계를 맺으며 살아가고 있습니다.

그렇다면 미디어도 분명 삶의 장소입니다. 그곳에서 벌어지는 수많은 장면이 글감이 되지 못할 이유는 없습니다.

실물을 앞에 두고 프로필 사진을 본다
나는 당신의 속눈썹이나 입술보다는
결핍과 욕망에 더 관심이 있거든

우리는 서로에게 관상용 인간이 아니라
체험용 인간이 되어야 하니까
어차피 내가 주로 마주해야 하는 것은 당신이 품고 사는
어린 시절 죽은 고양이를 본 기억이나
아빠가 엄마를 때리던 장면이나
애인이 다른 이에게 사랑을 속삭이던 메시지나
나보다 잘 나가는 개 같은 년에 대한 멸시와
사실은 그 멸시가 질투임을 알면서 애써 부정하는 애처로움
뭐 그런 것들 아니겠어

당신의 모습과 당신이 되고 싶은 모습
조명과 필터와 보정 어플이 야기한 그 간격에
그 단서가 있다
당신이 어쩔 수 없이 품고 살아가야 하는
그 지긋지긋한 것들의 지문들이 사방에 묻어 있다

스스로 만들어 낸 신기루
영원히 그렇게 웃을 수 없음을 말해 주면

어떤 모양으로 일그러져 버릴까

너는 그 절망이 매력적이야
너는 참 불쌍해서 사랑스러워

— 시집 『그러거나 말거나 키스를』, '프로필 사진의 해부학'

SNS에서 우리의 얼굴은 프로필 사진으로 대체됩니다. 실제 얼굴을 선택할 수 없었지만, 프로필 사진만큼은 스스로 선택할 수 있습니다. 때문에 프로필 사진에는 개개인의 무의식과 욕망이 드러납니다.

누군가는 실제보다 날씬하게 나온 사진, 갸름한 얼굴, 오똑한 코가 돋보이는 사진을 프로필에 올립니다. 보정 어플을 사용하지 않더라도 카메라 각도로 만들어진 왜곡이 반영된 이미지들이 많습니다. 그 간극 속에서 우리는 외모에 대한 콤플렉스를 엿보게 됩니다.

외모만이 아닙니다. 사무실에서 하루를 보내면서도 산 정상이나 골프장에서 찍은 사진을 올리는 사람은 실제 삶보다 더 여유로운 삶을 지향하고 있는지도 모릅니다. 여행지의 그리움을 담은 프로필 사진에서도 현재 삶에 대한 불만족을

엿볼 수 있습니다. 한편, 아무런 프로필 사진도 걸어놓지 않은 사람에게서는 자신을 드러내고 싶지 않은 욕망과 동시에 SNS를 하며 타인과의 소통으로부터 고립되고는 싶지 않은 욕망 사이에서 갈등하는 마음이 느껴지기도 합니다.

혹시 이처럼 읽어내는 것이 지나친 해석일까요? 욕망은 트라우마와도 무관하지 않습니다. 앞서 소개한 시는 물질세계와 다르게 너무 가까워 부담스럽지 않은, 적당한 거리의 소통할 수 있는 수단이 되리라 믿었던 SNS를 통해 오히려 물질세계에서는 알 수 없었던 정보들을 알게 되는 아이러니가 흥미로워서 쓴 시였습니다.

생각지도 못한 순간
지나가던 노파가 가발을 벗었다
일순간 어디선가 뛰쳐나오던 카메라맨들
이제는 노파가 아닌 그가 구부정했던 등을 펴고
주머니에 숨겨뒀던 안경을 쓴다
지금까지 이경규의 몰래카메라였습니다
강백수 씨, 소감이 어떤가요?

이경규가 내민 마이크를 보며 나는 놀라서
눈만 꿈뻑거리고 서 있다

그가 대답을 재촉한다

나는 퍼뜩 정신을 차리고,

저기, 언제부터 몰래카메라였나요?

이경규와 카메라맨들은 키득키득 웃고 있을 뿐이었다

그래 어쩐지 사는 게 좀 석연치 않다고 생각은 했어

어떤 일들은 내게만 너무 어려웠고

또 반대로 어떤 일들은 희한하게 쉬웠지

글쎄요, 언제부터였을까요?

이경규의 되물음에 나는 고분고분 대답한다

혹시 오늘 아침부터였나요?

그는 가만히 웃고 있다

아니면 내가 태어났을 때부터였나요?

이경규는 마이크를 내 입에 더 바싹 가까이 대며

언제부터였으면 좋겠어요?

라고 묻는다

나는 갑자기 무섭다

언제부터라고 말하면 정말로 그 언제부터 지금까지의

모든 일이 다 꾸며낸 일이 될 것만 같다

— 시집 『가라 인생』, '이경규의 몰래카메라'

이 시는 우리의 삶이 실제로 펼쳐지고 있는 물질세계와

미디어 속에 존재하는 세계의 경계가 무너져버린 상황을 상상해서 그려 본 작품입니다. 내가 진짜 삶이라 믿던 것들이 그 옛날의 예능 프로그램 〈이경규의 몰래카메라〉처럼 누군가가 짜고 조작해온 결과물이었다면— 하는 생각을 글로 옮겨 보았습니다. 우리의 삶은 언젠가부터 물질세계에서의 삶과 미디어 세계 속의 삶이 뒤섞인 형태가 되었습니다. 이를 오가며 살다 보면 두 세계를 혼동하게 되는 일이 발생하기도 하고, 두 세계가 서로를 대체할 수 있을 것만 같다는 생각이 들기도 합니다. 두 세계의 경계가 모호해지는 것이지요.

물질세계와 미디어 세계의 경계가 모호해지는 현상에 대해서 다룬 콘텐츠들은 많습니다. 1998년에 나온 할리우드 영화 〈트루먼 쇼〉가 대표적입니다. 주인공이 현실이라 믿고 사는 세계는 사실 티비쇼를 위해 창조된 가상의 세계였습니다. 일평생 살던 세상이 무언가 이상하다고 느낀 주인공이 가상의 세계를 떠나 실재하는 세계를 향해 나아가는 내용의 영화입니다.

다음 해인 1999년에는 영화 〈매트릭스〉가 개봉했습니다. 기계와 AI의 지배로 인해 대다수 인류가 그들이 주입한 가상세계인 매트릭스 속에서 살아간다는 설정이 충격적이었습니다. 그보다 훨씬 앞선 17세기에는 프랑스의 철학자 데

카르트가 방법적 회의라는 개념을 내어놓았습니다. "나는 생각한다. 고로 존재한다"라는 말은 우리의 모든 감각이 가상의 산물일 수 있으며 그렇게 모든 것을 의심하다 보면 그러한 생각을 하고 있는 나 자신의 존재만이 확신할 수 있는 진리가 된다는 것입니다. 디지털 미디어의 탄생 이전에 데카르트는 현실과 미디어를 구분할 수 없게 되는 세상을 예견한 것일까요.

꿈속 세계와 물질세계 두 세계만 오가며 살던 시절에도 우리는 가끔 혼란스러웠습니다. '꿈이야, 생시야?'라는 말이 존재한다는 것이 그 증거이겠지요. 그런데 이제는 세 개의 세상을 오가며 살아갑니다. 혼란스러운 마음이 생기지 않는 것이 이상한 일인지도 모르겠습니다. 당신도 혹시 그런 생각을 해본 적이 있나요? 그렇다면 그야말로 표류가 시작되기 전에 그 혼란스러운 마음을 글로 정리해 볼 것을 권합니다. 구체적인 항해 기록이 당신의 표류를 막아줄지도 모르니까요.

5부

이런 이야기까지 써야 하나

이런 이야기까지 써야 하나

애인의 자취방에 처음 초대받던 날, 나도 모르게 몸을 더 열심히 씻고 속옷까지 신경 쓰게 되었습니다. 혹시나 하는 마음은 누구라도 품을 수 있는 것 아니겠어요? 그러나 그녀가 그리는 그림은 내가 상상했던 것과는 조금 달랐습니다.

오늘도 꽉 막힌 이 길은 내부순환로
그대는 이 길 만큼이나 꽉 막힌 사람
그댄 내 말보다 목사님 말씀이 중요한가 봐요
언제까지 이렇게 키스만 해야 하나요

설레는 맘으로 달리던 내부순환로
그대의 자취방에 첨으로 초대받은 날
오늘을 위해서 새로 산 팬티 입고 왔는데
벌써 나 이렇게 되돌려 보낼 건가요

허탈한 맘으로 달리는 내부순환로

난 대체 뭘 기대한 걸까 내부순환로

신내동에서 정릉을 지나 홍제동까지

꽉 막힌 이 길에 차가운 비가 내리네

본의 아니게 플라토닉 러브를 경험하고 돌아서던 그때의 아쉬움은 고스란히 노랫말이 되었습니다. 나도 모르게 품었던 흑심을 폭로했기에 가사를 쓰는 데 약간의 민망함이 있었지만 그것만 극복하고 나면 제법 귀여운 노랫말이 됩니다.

속옷 이야기가 나온 김에 지질한 가사 하나를 더 가져왔습니다. 연인과 이별하고 그리운 마음에 한 시간 거리를 달려갔습니다. 손에는 밤새 눌러쓴 편지도 한 장 쥐어져 있고요. 그런데 막상 문을 열고 보니 까칠하게 나를 노려보는 상대의 모습에 마음에도 없던 말이 튀어나옵니다. 보고 싶어서 왔다는 말은 못 하고 핑계를 댄다는 것이 고작 팬티라니.

그런 눈으로 바라볼 필요 없어

너 보러 온 거 아냐

한 시간을 달려왔지만, 아냐

너 보러 온 거 아냐

샤워를 하고 속옷을 입다가

문득 생각났어

너의 집에 벗어두고 온

비싼 팬티 한 장

캘빈클라인 팬티

캘빈클라인 팬티

너와의 처음을 위해 샀던 비싼 팬티

이제는 널 만날 핑계가 되어

캘빈클라인 팬티

캘빈클라인 팬티

바보 같은 나 끝내 건넬 수 없었던

밤새워 눌러 쓴 편지 한 장

— 싱글 'CKP'

　　약간의 각색은 있지만 사랑과 이별에 서툴렀던 어린 날의
이야기를 담은 가사입니다. 그 시절을 생각하면 지질했던 나
자신을 한 대 쥐어박고 싶은 마음도 들지만, 한편으로는 그
럴 수도 있는 일이라며 등을 토닥거려주고 싶기도 합니다.

　　지질한 마음은 열등감 속에 튀어나오기도 합니다. 날 버리고 떠나간 그녀가 나와는 비교도 안 되게 승승장구하고 있다는 그 소식에 우울해진 날이 있었습니다. 날 떠난 그녀보다, 그녀의 성공을 축하해주지 못하는 내가 더 원망스러웠습니다. 그런 나 자신을 한껏 조롱하고 싶어서 만든 노래.

주변 사람들의 반대로 네가 날 떠나갈 때
난 다짐했지 너보다는 잘 살 거라고
시간이 흐르고 돌이켜 보면
'그때 그 앨 잡았어야 했는데'라고 생각하도록

몇 해가 지나고 우연히 찾은 옛 동네
네가 다니던 여고 앞을 지나가는데
교문에 플래카드, 낯익은 이름
사법고시 합격을 축하합니다

가수가 판검사를 어떻게 이겨
가수가 판검사를 어떻게 이겨
내가 장기하를 이겨도 내가 이승기를 이겨도
넘을 수 없는 벽이 있는걸

— 1집 「서툰 말」, '벽'

적어도 그녀보다는 잘 살겠다고 다짐했던 나였지만, 20대의 나이에 사법시험에 합격했다는 그녀 소식 앞에 한없이 작아지고 말았습니다. 이렇게 비교하는 건 어리석지만, 당시 가장 잘나가는 인디 뮤지션이었던 장기하 씨나, 가요계 전체에서 가장 잘나가는 20대 남자 가수였던 이승기 씨만큼이나 20대 중반의 사법시험 합격자는 대단하고 멀게만 보였습니다. 이런 상황 속에서 내가 할 수 있는 게 뭐가 있었을까요? 기껏해야 신세 한탄이고, 자기 자신을 원망하는 일밖에 없었습니다. 그런 마음이 이런 노랫말이 된 것이지요.

지질했던 나에 대한 폭로는 나 자신에 대한 야단이고, 질책이며, 한편으로는 동정입니다. 다시는 그러지 않겠다는 다짐이 되기도 하고, 더 나은 사람이 되겠다는 선언이 되기도 합니다. 그러니 너무 부끄러워하지 않아도 괜찮지 않을까요? 한 번 실컷 터뜨리고, 한 발 앞으로 나아가면 되는 거니까요.

감탄만 하다 끝나는 뻔한 여행기 말고

낯선 곳으로의 여행은 우리에게 즉각적인 영감을 선사하곤 합니다. 여행지에서는 특별한 추억이나 감정을 굳이 끌어내려 애쓰지 않아도 됩니다. 그곳은 이미 새롭고, 낯설고, 생경하기 때문입니다. 일상의 공간에서처럼 낯설게 바라보려는 시선 훈련이 필요하지 않습니다. 그 자체로 낯섦이 존재하니까요.

하지만 이 낯섦만으로 글을 채운다면, 여행기는 종종 단순한 감탄으로 끝나버립니다. 새롭다, 낯설다, 신기하다… 그런 감정 뒤에 무엇을 남길 수 있을까요? 낯선 풍경을 묘사하는 데 그치지 않고, 그 안에서 나를 마주하는 경험이야말로 글이 되기 위해 꼭 필요한 과정입니다.

다음 달 17일 나는 시부야에 있을 거다 히키니쿠토 코메에서 함바그를 먹기 위해 번호표를 받을 거다 번호표는 아홉

시부터 배부하지만 여덟 시쯤 가서 미리 대기해야 원하는
시간에 먹을 수 있다 점심이 되기까지 카페에서 책을 읽고
시를 쓰다 열한 시쯤 되어서 가게에 들어갈 거다 밥과 장국
이 나오고 함바그는 한 덩어리씩 세 번 나올 거다 풍부한 육
즙과 적당한 식감에 감탄하며 하이볼을 한 잔 주문할 거다
시부야역 스타벅스에 가서 스크램블 교차로를 건너는 인파
를 볼 거다 그들을 배경으로 사진을 찍으며 아이스 아메리
카노를 마실 거다 다이칸야마를 향해 걸을 거다 고급 주택
들 사이사이에 있는 독특한 점포들을 구경할 거다 츠타야
서점에 갈 거다 책이 아니라 라이프스타일을 판다는 말이
이래서 나왔구나 생각할 거다 다시 시부야로 돌아와 스크램
블 스퀘어 식당가에 있는 모헤지에 갈거다 몬자야끼와 야끼
소바를 주문할 거다 음식 사진을 인스타그램에 올릴 거다
몬자야끼는 매력 있지만 다 먹어갈 무렵에는 조금 질리기도
할 거다 야끼소바는 조금 짤 거다 시부야 스카이 전망대에
서 야경을 볼 거다 서울에 있는 롯데타워 전망대에서 본 야
경과 비교 할 거다 서울과 도쿄의 경치가 어떻게 다른지 인
스타그램에 적고 호텔로 돌아갈 거다

나는 다음 달 17일을 이미 살았다 블로그와 유튜브와 여행
책과 며칠째 꾸고 있는 꿈으로 그러나 굳이 시부야에 갈 거
다 이미 경험한 것들을 확인하러 가는 것인지 그 경험에 어

떠한 변수가 있을지 확인하고 싶은 것인지 사실 나는 다음
달 17일뿐만 아니라 거의 모든 미래를 알고 있다 블로그와
유튜브와 여행책이 아니더라도 대충 어떻게 살다가 언제쯤
어떻게 죽을지 정도는 알 수 있다 다 알면서도 굳이 산다 나
는 무엇을 확인하고 싶은 것인가

처음 떠나는 도쿄 여행을 준비하며 블로그와 유튜브, 여
행 서적을 닥치는 대로 섭렵했습니다. 거의 시간 단위로 동
선을 짜고, 음식 사진, 맛 후기까지 꼼꼼히 살폈습니다. 여행
은 4박 5일 계획이었는데 계획을 세우고 조사를 하는 데만
일주일 정도가 걸렸습니다.

그러다 문득 이상한 기분이 들었습니다. 아직 여행은 시
작도 되지 않았는데 이미 도쿄의 구석구석을 다 구경하고
온 기분이 드는 것입니다. 식상한 기분은 둘째 치고 벌써 지
치는 듯한 느낌이 들었습니다. 이미 다 보고 온 것 같은데
굳이 도쿄에 가야 하나 하는 생각도 했고요.

그러다 문득 생각했습니다. 우리는 때로 결말을 알고서도
영화를 보지 않는가. 당장 오늘 무슨 일어날지 예상이 되는

데도 하루를 성실히 살아가고, 언젠가 죽을 것을 알면서도 인생길을 꿋꿋하게 걸어갑니다. 그것이 결코 무의미한 일들은 아닐 겁니다.

여기까지 생각이 미칠 수 있었던 것은 내가 여행을 준비하고 있었기 때문입니다. 여행을 준비하는 그 순간부터 이미 여행은 시작되었고 내가 평소에 하지 않던 생각을 하도록 만들어주고 있었습니다. 계획 단계에서부터 여행은 내게 글감을 던져줍니다.

언젠가는 혼자 여행하는 것을 즐겼습니다. 주로 게스트하우스의 도미토리 룸을 이용하곤 했습니다. 제주도에서, 순천에서 만난 낯선 사람들과 다정하게 인사를 나누고 저녁이면 함께 파티를 즐기곤 했습니다. 거기서 만난 이들과 술잔을 기울이고, 서로가 살아온 삶에 대해 이야기를 나누었습니다. 그러다 밤 깊은 시간에는 얼큰하게 취해 그들을 형, 누나, 친구, 동생이라 부르며 다시 만날 것을 약속하곤 했지요.

그들을 다시 만나는 일은 일어나지 않았습니다. 숙취에 휩싸여 아침을 시작하면 서로 지난밤의 흔적들을 지워내고 빠르게 다시 여정을 시작하느라 바빴지, 어젯밤의 끈끈함을 이어나가는 일에는 크게 관심이 없었습니다. 간밤에 받았던

연락처는 그저 전화기 깊은 곳의 어느 창고 속으로 사라져
버리고 말았고 서로의 존재는 그렇게 잊히고 말았지요.

술을 너무 마셨나 봐
지난밤 파티가 다 기억나지는 않아
그래 잘 하고 있는 거야
기억하지 못하고 있는 무언가가 있다
이제 그것만 잊으면 완벽한 여행이 될 거야
다들 그렇게 털고 일어나서
우유에 콘푸로스트를 말아먹고 떠나면 되는 거지
연락처니 인스타 맞팔 같은 소리는 하지 말기로 해
어느 역에서 다시 만나면
우리는 그때 통성명부터 다시 하면 돼
우스울 것도 없지 우리는 아무것도 모를 테니까

— 시집 『그러거나 말거나 키스를』, '도미토리' 부분

　이 시는 순천에서 서울로 올라오는 KTX 안에서 썼습니
다. 허무하면서도 왠지 모를 따뜻함, 그 감정을 잊고 싶지 않
았기 때문입니다. 모든 만남이 마치 없었던 일처럼 잊히더
라도 나는 그 만남들로 한 편의 시를 남겼습니다.

학부 시절 나의 선생님은 '여행은 돌아오기 위해 떠나는 것'이라고 말씀하셨습니다. 돌아오는 길에 허무함과 시 한 편을 얻었다면, 그 만남은 충분히 가치 있는 것이었겠지요.

이처럼 여행은 떠나는 순간부터 돌아온 이후까지, 끊임없이 나를 흔들고, 깨우고, 쓰게 만듭니다. 한 동료 시인은 내게 말한 적이 있습니다. "서울에서 시를 어떻게 써요?" 서울에 사는 동료였기에 그 말은 여행을 떠나지 않고서 시를 쓰는 일은 상상하기 어렵다는 말과 같았습니다. 약간의 비약이 있는 말이라고 생각은 하지만 영 틀린 말은 아니라고 생각합니다. 여행은 그 시작부터 끝까지 우리에게 다양한 영감을 던져주니까요.

✎ 뭘 쓸까?
여행을 통해 바라본 나.

현실에 환상 더하기

　기억에 의존해서 어떤 경험을 재구성한다고 가정해보겠습니다. 어제 내가 거닐었던 공원 풍경을 최대한 현실적으로 묘사한다고 해도 그것이 현실과 100% 일치할 수는 없습니다. 우리의 기억은 무언가를 생략하기도 하고 무언가를 과장하기도 하며 때로는 있었던 것을 없었던 것으로, 없었던 것을 있었던 것으로 만들어버리는 오류를 범하기도 합니다. 내가 기억하는 풍경은 직접 경험한 것 같지만 사실은 지구상에 존재하지 않았던 풍경일 수 있지요. 우리가 기억하는 모든 장면을 사실은 환상이 가미된 장면이라고 이야기해도 무리는 아닐 겁니다.

　이번에는 아예 작정을 하고 환상 속의 장면을 묘사한다고 가정해보겠습니다. 그런데 현실을 반영하지 않은 완벽한 환상이라는 게 있을 수 있을까요? 제아무리 파란색 코끼리가 검은 무지개를 타고 내려오는 장면을 만들었다 해도 코끼리는 어딘가에서 내가 본 코끼리일 것이고, 그 코끼리를 감싼 파란색도 내가 경험한 파란색이겠지요. 무지개의 출처 역시 내 기억일 것이고 그 무지개가 아무리 기이한 검은색을 띤다고 해도 그것은 어딘가에서 본 검은색일 것입니다. 모든 환상의 출발점은 경험이고 감각입니다.

이처럼 우리 머릿속에는 완전한 현실도 존재할 수 없고 완전한 환상도 존재할 수 없습니다. 모든 장면은 현실과 환상이 다양한 비율로 뒤섞인 결과물입니다. 어차피 그런 식으로 뒤섞일 것이라면 그것을 의도적으로 해낼 수도 있지 않을까요? 사실 그 과정에서 문학이 탄생하기도 하고 다른 종류의 예술 작품이 탄생하기도 합니다.

우리가 바라보는 풍경에 환상을 가미하는 연습을 해볼 것을 권합니다. 일상을 살면서 환상을 본다는 것은 어떤 외적인 자극을 통해서만 가능할 것 같지만 사실 약간의 상상력만으로도 충분히 가능합니다. 하늘의 뭉게구름을 보며 어떤 것은 토끼 모양, 어떤 것은 양털 모양이라고 생각하는 것도 환상을 보는 것이고, 새로 개발된 어느 거리를 걸으면서 과거의 정겨웠던 풍경을 떠올리는 것도 환상과 현실을 겹쳐 보는 것입니다.

당산 전철역 매일 지나는 출구에 떡볶이 포장마차 전등 빛
이 눈부시다.
서늘한 초가을 바람과 자정을 가리키는 시계
다이어트 중인 나는 결국 오뎅 국물 앞에 선다
등 뒤 현수막에 스물세 살 진모양이 자신을 살해한 놈을 펄
럭펄럭 찾고 있다

멕시코 말은 '멕시코'밖에 모르지만
이어폰이 속삭이는 알 수 없는 노래 가사가 멕시코말로 들
린다
함께 들리는 피리 소리가 멕시코스러워서 그런가 보다
순대 이천원어치에 뒤섞인 간이 나초 모양이다
스물세 살 진모양과 함께
간을 한 입 씹으며 오뎅 국물을 데킬라처럼 털어 넣는다
다시 들려오는 피리 소리에 이곳이 멕시코임을 다시 한번
확신한다

스물세 살 진모양이 왜 멕시코에 와 있는지는 잘 모르겠지만
왜 여기서 저를 죽인 놈을 찾는지는 잘 모르겠지만
나는 오늘 그녀와 데킬라를 마셨다
하지만 현수막에 적혀 있는 영등포 경찰서 강력계에는
그녀가 멕시코에 머물고 있다는 사실은 비밀로 할 생각이다

아스팔트 깨진 소주병에 전등이 푸른빛을 휘감는다

서울 지하철 2호선 당산역 인근의 밤 풍경이라는 현실에 멕시코의 어느 바—라는 환상을 끼얹어 새로운 풍경을 하나 만들어 봤습니다. 언제나 지나던 떡볶이 포장마차 앞에 살인사건에 대해 증언해줄 사람을 찾는다는 현수막 하나가 걸렸습니다. 공교롭게도 그때 멕시코풍의 음악을 듣고 있었고 나는 두 가지 상상을 했습니다. 여기가 정말로 멕시코라면? 그리고 현수막 속 살인사건 피해자가 여기에 머물고 있다면? 떡볶이를 파는 아주머니는 멕시코의 바텐더로, 아주머니가 썰어주시는 순대는 나초로, 오뎅 국물은 데킬라로 치환되었습니다. 이곳은 이제 당산역 주변도 아니고 엄밀히 말해 멕시코도 아닌 제3의 공간이 되었습니다. 매일 보던 익숙한 풍경에 약간의 상상력을 더해보니 그다음 상상과 다다음 상상은 저절로 꼬리를 물고 따라왔습니다.

솔직히 말하자면 우연히 얻어걸린 시라고 볼 수도 있습니다. 하필 거기를 지날 때 무작위로 플레이해됐던 MP3플레이어에서 멕시코 느낌이 나는 음악이 흘러나왔고, 사실 그 음악은 나중에 보니 멕시코풍도 아니었지만 내가 그런 오해를 했다는 우연 덕분에 쓰게 된 작품입니다. 공교롭게도 이 작품으로 시인이 되었고 여태까지 시인이라는 이름으로 시를 쓰고 있습니다. 이런 우연을 다시 기다리며 때로는 글을 쓸 때 음악의 도움을 받기도 합니다. 새롭게 분위기가 환기되면 현실에 새로운 환상을 덧입히기가 한결 수월해집니다.

무엇도 버리지 않고 무엇도 보태지 않고,
지금부터 나는 모든 사물의 배치를 뒤섞는다
테이블은 주방으로
냉장고는 옷방으로
서랍장은 침실로
5월은 2월로
3월은 지난주로
겨울은 가을과 여름과 봄을 지나 다시 그 전의 겨울로
마지막 그 말은 가장 눈에 띄지 않는 어떤 시간의 틈새로
무엇도 원래 있던 자리에 머물지 않도록

빈 종이컵 두 개와 콩알이 든 종이컵 하나를 뒤섞듯
공간과 그것을 메운 가구와 시간과 그것을 메운 기억을 뒤
섞는다
쉐킷쉐킷
쉐킷쉐킷

그 어떤 익숙함도 끼어들 수 없도록

차라리 모두 낯설어 어떤 낯섦도 보이지 않도록

쉐킷쉐킷

쉐킷쉐킷

500리터 냉장고와 마지막 그 말이 가장 힘들었지

허리가 끊어질 것 같잖아

찬물에 꼼꼼하게 녹인 믹스커피를 들고

콧노래를 부르며

청소기를 미는 뿌듯함이여

그 깔끔함이여

— 시집 『그러거나 말거나 키스를』, '쉐킷쉐킷'

이 글의 토대가 된 상상은 당산역에 멕시코를 겹친 것보다는 조금 어려운 상상입니다. 당산역과 멕시코는 모두 물리적으로 존재하는 공간입니다. 그러나 이 시는 현실 세계와 추상적인 개념을 뒤섞는 과정을 통해 창작된 시입니다. 시에 등장하는 인물은 이별을 경험한 상태입니다. 누군가 머물던 흔적을 지우기 위해, 그리고 자신의 감정을 정리하기 위해 가구 배치를 뒤섞고 있는 중입니다. 여기에 끼얹은 상상력은 이런 것입니다. 만약에 그가 뒤섞고 있는 것이 가구라는 물건들이 아니라 떠나간 사람과의 기억이나 시간 같은 추상적인 것들이라면? 사실은 그것이 단순히 거기 존재하는 물건들이 아니라 그 추상적인 것들이 구체화된 산물이라면?

냉장고와 서랍과 마찬가지로 기억과 시간들의 배치가 바뀝니다. 야바위꾼이 종이컵의 순서를 뒤바꾸듯 꼼꼼하게 뒤섞습니다. 그렇게 모든 것들을 낯설게 만들어 놓으면 마치 아무도 오지 않았었던 것처럼 새로운 공간이 됩니다. 그가 사는 집도, 그의 머릿속도.

이런 방식으로 현실에 상상을 더하고 그것을 구체화해서 쓰는 것은 어느 정도의 훈련이 필요한 일입니다. 저는 가끔 대중교통을 이용하거나 거리를 거닐면서 이런 식으로 상상하는 연습을 하기도 합니다. 스마트폰을 보는 것보다 시간도 잘 가고, 하다 보면 나름 재미도 있습니다. 당신 앞에는 지금 어떤 장면이 펼쳐져 있나요? 거기에 어떤 상상을 한번 끼얹어보면 좋을까요?

죽음을 이야기한다는 것

독일의 철학자 마르틴 하이데거는 인간이 죽음을 자각함으로써 삶의 의미를 다시 인식하고 새로운 가능성을 얻는다고 이야기했습니다. 죽음에 대해 이야기하는 것은 결국 삶에 대해 이야기하는 일과 다르지 않습니다.

물론 죽음을 이야기하는 일은 쉽지 않습니다. 죽음은 우리가 살고 있는 세계와의 영원한 단절을 뜻합니다. 한 번 닥치면 되돌릴 수 없으며, 그 이후에 대해서는 누구도 증언할 수 없습니다. 이러한 특성 하나하나가 다 끔찍한 일인데, 죽음은 이 모두를 내포하고 있으니 언제나 두려울 수밖에요. 그래서 죽음은 언제나 우리 곁에 있으면서도 애써 외면당합니다. 그러나 멀리 밀어낸다고 해서 사라지는 것은 아닙니다. 죽음은 언제나 그것에 대해 이야기하라고 우리를 조용히 유혹하고 있습니다. 그 유혹에 응답하는 일은 언제나 작지 않은 용기를 요구합니다.

그럼에도 어렵고 두렵더라도 눈 한 번 질끈 감고 죽음에 관한 이야기를 시작하자고 권하고 싶습니다. 죽음이라는 주제만큼 우리의 삶에 깊은 깨달음을 주는 주제도 드물기 때문입니다.

이 작은 항아리 안에 들어있는 것이 무엇인지 실감도 잘 안 나서 멍하니 바라보고 있는데, 아버지께서 내게 말씀하셨다.

"아빠는 속이 다 시원하다. 느그 엄마 얼마나 고생했냐. 수술하느라 고생한 몸이랑, 그 안에 엄마 괴롭히던 암 덩어리랑. 다 태워버리니까 차라리 기분 좋다. 이제 아프지도 않고, 얼마나 편하겠냐. 느그 엄마."

살면서 가장 힘들었던 순간에, 살면서 가장 탁월했던 위로의 말이었다.

"그러네."

비로소 나도 마음이 편해졌다.

— 산문집 『몸이 달다』, '화장' 부분

엄마는 오랫동안 투병 생활을 견뎠습니다. 여러 차례 큰 수술을 했고, 그럼에도 암세포는 몸 구석구석으로 번졌습니다. 돌아가실 무렵에는 아마 성한 곳이 별로 없었을 겁니다. 엄마의 죽음은 당연히 하늘이 무너지는 것 같은 슬픈 일이었습니다. 그런데 엄마의 영혼이 깃들었던 신체를 화장하던 날 우리 가족은 묘한 후련함을 느꼈습니다. 엄마의 몸은 엄마가 감당해야 했던 괴로움의 흔적이었고, 엄마의 영혼을 가두고 있던 고통스런 감옥이었을 수도 있겠다고 생각했습니다. 화장을 하고 나니 비로소 엄마의 영혼이 편안한 곳을 향해 훨훨 날아갈 수 있겠다는 생각이 들었습니다.

그날 나는 죽음이 안식이고 자유일 수도 있겠다는 생각을 처음으로 했습니다. 슬픔과 두려움 이면에 그런 긍정적인 의미도 존재할 수 있다는 사실을 깨달았습니다. 죽음의 또 다른 의미를 새롭게 생각하며 조금이나마 위안을 얻을 수 있었습니다. 그리고 언젠가 다가올 죽음이라는 사건에 대해 두려워하느라 시간을 낭비할 필요가 전혀 없다는 생각도 해 보았습니다.

이러한 방식으로 주변에서 마주하게 되는 죽음과 그것을 통해 얻게 된 다양한 생각들을 적어 보는 것은 상당히 의미 있는 일입니다. 슬픔을 이겨내고 다시 새로운 날을 살아갈

힘을 얻을 수도 있고, 내 삶에 대해서도 다시 한번 되돌아보
는 계기가 되기도 합니다.

　죽음 이후의 이야기도 좋은 글감이 될 수 있습니다. 내 글
중에는 종교적으로 잘 알려진 보편적인 사후세계관이 아니
라 나 혼자 '어쩌면 이럴지도 모르겠다'며 생각해본 새로운
사후세계관에 대해 풀어놓는 글이 하나 있습니다.

죽음을 맞이한 순간 아이폰 알람이 울렸다

한 생애가 끝나면 아침이 밝고

빠르게 망각 프로세스가 시작된다

이불을 걷고 침대에서 내려와

정수기 앞에 설 무렵이면

프로세스는 끝나고 나는 생각한다

긴 꿈이었어

생의 구체적인 내용은 대부분 삭제되고

몇몇 장면이 먼지처럼 허공을 떠돌지만

그 역시 오래 남아 있지는 않을 것이다

가끔 티비를 보다가 길을 걷다가

저 여자 어디선가 본 것 같은데

싶은 생각이 들기도 한다

오류투성이 망각 프로세스는 가끔

어설픈 기시감을 남기기도 한다

어느 생에서 이렇게 스쳤을지도 모를

또 어느 생에선가는 평생에 걸쳐

사랑했을지도 모를 그녀는

이번 생에서는 그저 보조 출연자

아쉬울 것도 없지 꿈이라면 매일 꾸고

꿈속에서도 매일 꾸고

그 꿈속에서도 그 꿈속에서도

무한히 가지를 뻗는 생 중에

그 정도 인연쯤이야

아침이면 깨어나는 생의 원리를

대부분의 생에서는 끝까지 깨닫지 못하지만

어떤 생에서는 눈치채기도 하고

때로는 고의로 생을 끝내기도 한다

나의 확신은 단 한 번도 틀림없이 현실이 되어

오늘도 여지없이 아침이 시작되었다

— 시집 『가라 인생』, '사후세계관'

    매일 밤 꾸는 꿈이 그저 무의식의 산물에 지나지 않는다는 것은 알지만, 단지 그렇게 치부하기에는 꿈의 세부 내용들이 너무 생생하게 남아 있는 날이 있습니다. 그럴 때는 어쩌면 꿈이라는 것이 내가 다른 차원에서 살았던 또 다른 삶이 아닐까 하는 상상을 해봅니다.

죽음이란 결국 그 꿈에서 깨어나는 일이고, 그다음에는 그 모든 것을 잊은 채 새로운 하루를 열게 되는 것이 아닐까요. 언제 어떤 식으로 깨어나, 또는 죽음을 맞이해, 새로운 삶에 다시 내던져지는 것이라면 그만큼 언제 마무리될지 모르는 현재의 삶을 소중하게 여기며 살아야겠다는 생각이 듭니다. 한편으로는 어차피 우리가 살아갈 수많은 삶 중에 하나인 지금의 삶을 지나치게 아등바등하며 살 필요가 없겠다는 상반된 생각도 함께 들고요.

글쓰기는 언제나 크고 작은 용기를 요합니다. 하얀 종이에 글자를 채우는 일 자체가 용기를 필요로 하고, 마음속에 묻어둔 이야기를 꺼내는 행위들도 마찬가지입니다. 죽음에 대한 이야기를 글로 풀어내는 것은 어쩌면 상당히 커다란 용기가 필요한 일일 수 있습니다. 그러나 그것은 우리의 삶을 오히려 더 삶답게 만들어주기도 합니다. 용기를 내 볼 가치가 충분합니다.

쓰레기 봉지에도 손을 넣어

사람이 글로 쓴 대부분의 이야기들은 아름다움을 향합니다. 사랑과 환희 같은 긍정적인 감정들뿐만 아니라 이별과 절망 같은 부정적인 감정마저 아름답게 표현하고자 하는 것이 미를 추구하는 생물인 인간의 본능일 겁니다.

그러나 빛이 있으면 그림자가 있는 법. 우리는 때때로 아름다움 이면에 도사리고 있는 추한 것에 대해서도 이야기할 수 있어야 합니다. 아름다움이라는 개념에는 보편적으로 청결함, 질서, 생명, 선, 평화 등이 포함되고 그 반대인 추함이라는 개념에는 더러움, 혼란, 죽음, 악, 폭력 등이 포함됩니다. 이 단어들에 대해 깊이 생각해보면 아름다움과 추함은 결코 완전히 분리될 수 있는 개념이 아니라는 사실과 추한 것이 있기에 아름다움이 돋보일 수 있다는 사실에 도달하게 됩니다.

아름다움을 이야기하기 위해 추한 것에 대해 이야기하는
것은 수박을 더욱 달콤하게 먹기 위해 오히려 소금을 뿌리
는 지혜와 비슷합니다. 편안한 멜로디와 화음 사이에 불협
화음을 하나 끼워 넣는 것과도 닮았습니다. 진흙 속에서 피
어난 연꽃과 아스팔트 사이에서 피어난 민들레가 더욱 숭고
해 보이는 것과도 다르지 않습니다.

세상이 아름다운 것들로만 가득 차 있다면 얼마나 좋을까
요. 그러나 이 세상은 그렇게 생기지 않았습니다. 추한 것들
의 존재를 인정하지 않는다면 우리는 아름다운 것들에 대해
정확하게 이야기할 수 없습니다.

언제부터였는지도 모르겠다 그냥 너를 떠올리면 메스껍고
너의 선의가 찬란히 빛나면 빛날수록 괴롭고
나의 증오를 네가 모를수록 더 화가 끓어오르고
그런데 그렇게 자라나는 더러운 것이 때로 뿌듯하다

오늘도 참 다정한 사람
그 햇살 같은 미소 속에서 나는 한 마리 뱀 새끼를 본다
방금 또 봤다 순식간에 날름거린 갈라진 혓바닥
왜 저걸 나만 보고 있는 건지 억울했던 것도 어느덧 옛일

술잔에 따른 건 아주 더러운 감정

그러나 더러운 건 더러울 뿐

반드시 해로우리라는 법은 없지

너를 티끌만큼도 해하지 못하는 그것을 들이키는 걸 보며

나는 등신같이 킥킥 웃는다 아무도 모르게

모두가 널 사랑하는 줄 알겠지만

그 안에 지뢰처럼 숨어 있는 증오를

너는 평생 모른 채 살아라 단지 언젠가는 의아하겠지

왜 나의 생은 도무지 끝나질 않는가

오래 오래 살아라

네가 있어야 내가 산다

영원히 찬란하라

그럴수록 나는 더 짙어진다

— 시집 『가라 인생』, '욕' 전문

    누군가를 향해 강한 증오의 감정을 품을 일이 우리 생에
그리 많지는 않습니다만, 그것을 경험해보지 못한 채 생을
마감하는 사람도 드물 것입니다. 정도의 차이는 있겠지만
우리는 때로 누군가를 미워하고 그 감정은 때로 증오로까지

번지기도 합니다. 대개 그 사람이 나에게 해를 끼쳤을 때 그런 감정이 생기지요. 이러한 경우에는 마음속에 일어난 추한 감정을 상대의 탓으로 돌릴 수 있기에 오히려 마음이 조금은 편해지기도 합니다. 상대의 잘못이 분명하다고 믿는 한, 내 감정은 정당해 보이고 내게는 별다른 책임이 없어 보이니까요.

그런데 가끔 상대가 내게 무슨 잘못을 한 것도 아니고 그에게 결정적인 흠결이나 악의가 없었음에도 미워져 버리는 순간이 있습니다. 내게도 세상에도 그 어떤 해악을 끼치지 않는 이가 설명하기 어려운 이유로 소름 끼치고 메스꺼워지는 경험을 하기도 합니다. 다행스러운 것은 그런 감정이 감정 그 자체로 머물 뿐이라는 겁니다. 우리는 그런 상대를 증오한다고 해서 그에게 어떠한 해가 되는 행동도 하지 않습니다. 그가 우리에게 무해하듯 말이지요.

조용하게 자라나는 증오의 감정은 떨쳐내려 해도 떨쳐지지 않습니다. 우리는 우리 마음속에 그런 추한 것이 있다는 사실을 인정해야 합니다. 그러면 그 미워하는 행위로부터 오히려 생의 감각을 얻기도 합니다. 미움이 오히려 삶의 활력이 되고, 상대보다 나은 인생을 살게 만드는 원동력이 됩니다. 분명 추한 감정인데 누구에게도 위해를 가하지 않는

다면, 오히려 내게는 긍정적인 효과가 있는 것이라면 굳이
떨쳐내야 할 이유가 있을까요? 어떤 사람은 암세포를 굳이
제거하지 않고 그것과 공존하며 오래오래 살아가는 방식을
선택하기도 합니다. 하물며 증오쯤이야 품고 산다고 한들
별일이야 있을까 싶습니다.

나의 친구들

자동차 부품을 만들고

지방자치단체의 살림을 책임지고

학생들을 가르치고 아파트를 짓고 보험을 파는

성실한 그들 사이에 숨어 나는

시를 쓰고 기타를 친다

고초는 사랑하는 내 친구가 당하고

나는 오늘도 무사한 하루를 살아냈다며

좋다고 술을 먹는다

착한 친구들은 술값을 내 주고

약아빠진 나는 역시 술은 꽁술이 제일 맛있다며

택시를 잡아타고 집에 간다

저마다 힘겨운 삶들을 산다

그 힘듦으로부터 어떻게든 몸을 숨긴다

한 친구는 암에 걸렸다

나는 그게 내가 아니라 다행이라 생각했다

가끔 내가 하는 일에 대해 죄책감이 들기도 합니다. 시를 쓰고 음악을 하는 삶을 선택한 것은 물론 그 일들을 사랑해서 그렇게 한 것이지만, 솔직히 말하자면 그보다 힘들어 보이는 다른 일들을 하고 싶지 않아서 선택한 도피 행위이기도 합니다. 인생의 고단함을 회피하지 않고 성실하게 세상에 기여하는 친구들을 보면 가끔은 미안한 마음이 들기도 하는데, 오히려 그들은 술값을 내주고 나는 그렇게 굳은 돈으로 택시를 타고 집에 가곤 합니다. 그들이 있기 때문에 사회가 유지되고 내가 안온한 삶을 살 수 있다는 것을 알고 있습니다. 그러나 나는 고맙다는 마음보다 다행이라는 생각을 더 많이 합니다. 심지어 그들에게 어떤 비극이 닥쳐온 순간에도.

이런 비겁함을 스스로 폭로하는 작품을 한 번 써 봤습니다. 내 안에 이토록 아름답지 못한 생각과 감정이 존재한다는 것을 인정이라도 하지 않으면 더 못난 사람이 되어버릴 것 같아서였습니다. 내 마음에 있는 추한 것들은 오로지 나만 압니다. 그렇기 때문에 그것을 폭로할 수 있는 유일한 사람은 나입니다. 쓰기 위해서 그렇게 해야만 하는 순간들이 있었습니다. 다행스러운 것은 그런 더러운 내 모습에 대해 쓰게 되면 조금 더 나은 방향으로 나아가야겠다는 생각도 든다는 것입니다. 당신의 마음속에는 어떤 더러운 것이 있나요? 당신의 삶이 추해지는 순간은 언제인가요?

내 마음속에 숨어 있는 추한 것들.

가만 생각해보면 모두가 전문가

겸손을 미덕으로 보고 겸손할 것을 강조하는 한국 사회에서는 간혹 지나친 겸양을 마주하기도 합니다. 이를테면 같은 일을 십 년 이상 해온 사람에게 전문가라는 표현을 사용하면 손사래를 치는 경우가 있습니다. 많은 사람들이 자신이 하는 일을 흔한 일이라고 생각합니다. 흔한 것은 특별하지 않다고 생각하고, 특별하지 않은 것은 귀하지도 않다고 생각합니다. 그래서 자신이 하는 일을 귀하게 여기지 않고, 그 분야에 오래 종사하며 터득한 다양한 전문적인 지식이나 기술들을 별것 아닌 거라 치부합니다. 그런 것들로부터 얻을 수 있는 이야기나 아이디어들이 무궁무진하기에 나는 아깝다는 생각을 자주 합니다.

업무 지침서 같은 글을 쓰라는 이야기가 아닙니다. 앞서 일상에 상상력을 더하는 방법에 대해 이미 이야기한 것처럼 하루하루를 살아가며 마주하는 어떠한 순간에 당신이 교사라면 교사의 상상력을, 개발자라면 개발자의 상상력을, 전기기사라면 전기기사의 상상력을, 분식집 사장이라면 분식집 사장의 상상력을 더해보라는 것입니다.

나는 문학을 하는 사람인 동시에 음악가이기도 합니다. 음악가적인 상상력은 다른 문학가들이 쉽사리 갖지 못하는 나만의 영역일 수 있습니다. 이런 부분들을 활용하여 글을 쓰면 나만의 참신한 문학세계를 확보할 수 있게 됩니다.

안온한 C키의 세계는 집에 있다
아침 일찍 일어나
고양이 화장실을 치우고
청소기를 밀고
밥을 차려 먹고
커피를 내려 마시고
책을 읽고 티비를 보고
그대를 기다리고
저녁을 준비하고
하루를 이야기하고
도레미파솔라시도
도미솔 도파라 시레솔의 세계는
집에 있다

그런데 나는 자꾸 검은 건반을 누른다

술을 마시러 나가고

욕을 하고

쓸데없는 소리를 하고

쓸데없는 소리를 듣고

때론 다투고 휘청이고

공연히 외롭고

빈칸을 만들고

그리움이라 이름 짓고

그대를 성가시게 하고

내게 유해한 글을 쓰고

도레미파솔라시도의 안온한 세계는

내가 구겨넣은 #들의 행패로

불안하고 위태로워지는데

나는 이따금 그게 아름다워서 큰일이다

— 시집 『가라 인생』, 'Non-diatonic' 전문

    일상을 대하는 양면적인 태도에 대한 이야기에 음악가로서의 지식을 활용해 새로운 상상력을 불어넣어 보았습니다. 언제나 안온한 삶을 추구하는 동시에 소란스러운 방향으로 나아가기도 하는 이중적인 태도를 음악 용어인 다이아토닉

과 논다이아토닉으로 비유해보았습니다. 다이아토닉은 쉽게 표현하자면 '도레미파솔라시도'라고 알려져 있는 스케일의 구성음 내에서 이루어지는 안정적인 음들을 이야기하고, 논다이아토닉은 이를 벗어난 음들을 이야기합니다. 많은 사람들이 알고 있는 도레미파솔라시도의 음계를 벗어난 음들이 등장하게 되면 때때로 불안한 느낌이 드는 소리가 나기도 하는데 오히려 그것이 매력적으로 들릴 때가 있습니다. 자꾸 밖으로 나가 소란스러운 행동을 하곤 하는 내 모습이 어쩌면 도레미파솔라시도를 벗어나려는 것처럼 보인다는 내용의 시입니다.

설명이 조금 복잡하지만 완전히 이해할 필요는 없습니다. 음악이론을 모두가 알아야 필요는 없고, 음악과 친숙하지 않은 이들에게 이러한 이야기들이 낯설게 다가오는 것은 당연합니다. 그리고 그러한 낯선 느낌을 독자가 느끼는 것은 문학을 창작하는 입장에서는 아주 반가운 일이기도 합니다. 우리는 그것을 위해 때때로 불친절해져도 괜찮습니다.

그대는 좀처럼 흥분하는 법이 없네요
나는 날카로운 말들을 뱉고 이따금 소리도 치는데
그대는 가만히 가만히 해야 할 말들만 하네요

멋대로 날뛰던 나는 어느 순간 깨달았어요

모든 것이 내 마음대로 되고 있는 줄 알았는데

결국 나는 그대가 이끄는 곳으로 향하고 있었음을

차분하고 우직한 그대이기에 때로는

그 존재감이 희미하다 느낄 때도 있었지만

정말로 그대가 사라져버린다면

내가 있던 자리에는 공허한 소리들만 남을 겁니다

그래서 그대, 다음 행선지는 어디인가요

다음 마디에서 그대는 사랑을 반복할까요

아니면 이별로 전환할까요

나는 어떤 소리로 응답하면 좋을까요

— 시집 『가라 인생』, 'Bass' 전문

　이 시 역시 음악가적인 상상력을 보태어 썼습니다. 언제나 침착했던 사람과의 연애를 베이스라는 악기에 빗대어 표현해보았습니다. 베이스는 언제나 우직하게 제자리를 지키며 조용한 리더십을 발휘하는 악기입니다. 청자에게는 그 존재감이 뚜렷하지 않다고 여겨질 수도 있겠지만 사실 실제 곡을 연주하는 이에게 베이스는 곡의 방향을 이끄는 존재가 됩니다. 언제나 차분하지만 결국 우리의 관계를 리드하는 것이 상대라는 것을 느꼈을 때 그가 마치 베이스 같은 사람이라는 생각을 한 것입니다.

같은 상황을 두고 누군가는 자신이 매일 접하고 있는 분야의 어떤 존재나 상황을 떠올릴지도 모릅니다. 누군가는 베이스가 아니라 티 안 나게 야구 경기를 조율하는 포수라는 존재를 떠올릴 수도 있고, 또 누군가는 돋보이지 않지만 요리의 맛을 좌우하는 어떤 국물 재료를 떠올릴 수도 있겠지요. 굳이 모르는 것을 이해하려 노력할 필요도 없고 모르는 분야에 대해 쓰려고 애쓰지 않아도 됩니다. 그보다는 우리가 잘 아는 이야기를 했을 때 좋은 글이 될 확률이 훨씬 더 높을 테니까요.

이십 대의 나는 글쓰기에 내 미래가 걸려있다고 생각했습니다. 남들이 취업 준비를 하고 공부를 하며 미래를 준비할 때 나는 매일매일 조금씩이라도 쓰면서 앞날을 대비해 나가면 된다고 생각했습니다. 사실 그것은 일종의 도망치고 싶은 마음이었는지도 모르겠습니다. 모두가 나와 달리 확신에 찬 눈빛으로 미래를 향해 걸음을 내딛고 있지만 그래도 나는 글을 쓰니까 괜찮다고 스스로 위로하고 싶은 마음이었다는 것을 이제는 인정합니다. 그렇기에 무엇도 쓰지 못했던 날에는 자괴감이 밀려오곤 했습니다.

하늘빛이 잿빛

어젯밤에는 시를 쓰고 싶었는데

아침상 굴비가 나를 노려본다

아가리를 있는 대로 벌리고는 말한다

같지도 않은 걸 글이라고 쓰는 주제에 처먹기는 잘도 처먹
는다

눈이 멀고 귀가 먹고 황급히 젓가락을 들고 굴비의 배를 헤
집어 놓았다

굴비의 살점을 뜯어 먹는다 하지만 굴비는 여전히 나를 노
려본다

허연 눈빛 비열한 눈빛

다물지 못하는 아가리로 조롱한다 흐흐 흐흐

허겁지겁 공격을 멈추지 않는 나의 젓가락

머리와 꼬리만 남았는데도 비웃음을 멈추지 않는 굴비

굴비를 내 시에 처박는 형벌

그것을 위해 나는 이 시를 쓴다

씹어 먹어도 씹어 먹어도 분이 풀리지 않아

녀석이 쓰레기라 부르던 내 시에 처박는 복수

— 시집 『그러거나 말거나 키스를』, '굴비' 전문

밤늦게까지 쓸 거리를 찾지 못하고 헤매다 잠이 들고, 다음 날 밀려오던 자괴감에 대해 시를 적었습니다. 아침 밥상에 놓인 굴비가 하는 말들은 사실 내가 내게 하는 말이었습

니다. 같지도 않은 것을 글이라고 쓰고, 그마저도 해내지 못한 주제에 거기에 미래를 걸었다고 이야기하는 자신이 한심해서 화도 나고 두려운 마음도 들어 공연히 화풀이하는 이야기입니다. 그 시절 글쓰기는 즐거움보다는 괴로움 쪽에 있는 일이었습니다. 걸고 있는 기대에 비해 재주는 부족해서 언제나 애태워야 했던 시절이었지요. 그 모든 괴로움의 실체는 결국 조급함이었다는 것을 이제는 압니다.

이제는 그런 조급함에서 벗어나 글쓰기를 해 나가고 있습니다. 어차피 평생 해 나갈 일이라면 조금씩 나아가는 것만으로도 충분하지 않나 싶습니다. 많은 이들의 마음에 닿지 못하는 글들도 있겠지만 어쨌거나 그것 역시 내게는 소중한 것. 소중한 것을 계속 빚고 쌓아간다는 마음으로 글을 쓰고 있습니다.

어떤 마음은 전하지 못했어도 소중했고
어떤 기억은 나만이 혼자만이라도 쥐고 있고 싶은 것
내게만 남아 있는 그런 잔해들을 주워 모아
으깨고 뭉쳐서 또다시 벽돌을 굽는다

내가 살아 있는 동안 아무도 올 리 없고
죽고 나서도 한참 뒤에야 발견될 성이지만

그때 사람들은 이 성을 지어놓은 내가
누군지도 모른 채 별 미친 사람을 다 본다며 낄낄대겠지만
그런 건 아무래도 상관없지
이유 같은 건 중요한 게 아니야

나는 그저 여기에 성 하나가 있었으면 좋겠다고 생각했다
그 생각을 품었을 때 나는 가장 젊고 순수했다
어떻게든 거기에 답해야 하는 것이
거의 무의미한 내 삶 속의 유일한 의미인 것이다

— 시집 『가라 인생』, '무임금 노가다'

이제는 꼭 대단한 것을 이루기 위해서만 글을 쓰지는 않습니다. 시간이 지나도 여전히 내게 남아 있는 마음과 기억들을 기록한다는 생각으로 글을 쓰고 있습니다. '이것이 타인에게 어떤 의미를 갖는가'보다 '무언가를 창조해내고 싶다는 순수한 마음이 있는가' 하는 문제가 더 중요해졌습니다. 그것이 글을 쓰는 사람으로 이십 년 가까운 세월을 살아가고 있는 마흔 무렵의 글쟁이 강백수의 글을 향한 솔직한 마음입니다.

여러분에게 글쓰기란 어떤 행위인가요? 누군가에게는 취

미일 것이고 누군가에게는 일일 것입니다. 누군가에게는 못다 이룬 꿈일 수 있고 누군가에게는 미래의 가능성일 수 있습니다.

나에게 글쓰기가 어떤 의미인지에 대해 생각해보는 일을 통해 우리는 어떤 글을 어떻게 써야 하는지에 대한 실마리를 얻을 수도 있습니다. 그러므로 글쓰기라는 행위 자체에 대한 글만큼은 꼭 한 번 써 보시라고 권해드리고 싶습니다. 나는 왜 글을 쓰고자 하는지, 글이란 내게 도대체 무엇인지 고민해보시길 바랍니다.

강백수

인용 도서

강백수, 『서툰 말』, 슬로비, 2014

강백수, 『사축일기』, 꿈지락, 2015

강백수, 『몸이 달다』, 꿈지락, 2017

강백수, 『그러거나 말거나 키스를』, 문학수첩, 2020

강백수, 『가라 인생』, 시인동네, 2025

뭘 쓸까
멈추지 않고 써온 사람, 강백수식 글감 찾기 연습

초판 1쇄 발행	2026년 1월 23일

지은이	강백수
펴낸이	반기훈
편집	반기훈

펴낸곳	㈜허클베리미디어
출판등록	2018년 8월 1일 제 2018-000232호
주소	06300 서울시 강남구 남부순환로378길 36 의산빌딩 4층
이메일	hbrrmedia@gmail.com

ISBN	979-11-90933-27-8 03800

Printed in Korea.